»Wer Ingeborg Maria Kretschmer, genannt *Cleo,* während der letzten Jahre verpaßt hat, ist selber schuld... Ob als zupackende Gemüsehändlerstochter in ›Amore‹, als mutig dilettierende Rocksängerin in ›Sweethearts‹ oder als weichherziges, aber fintenreiches Flitscherl in ›Ein komischer Heiliger‹. In all den alltäglichen, bisweilen albernen, bisweilen rührenden Geschichten, die da aus nächster Nähe und ohne Krampf erzählt werden, schlägt die wirkliche Person Cleo, ihre eigene Lebenshaltung durch. Scheinbar belanglos, niemals angestrengt, wird uns übermittelt: Trau dich nur was, dann läuft's schon. Spiel ruhig verrückt...«

Renate Just, *Zeit-Magazin*

Von Cleo Kretschmer sind bisher als
Knaur-Taschenbücher erschienen:

»*Amore*« (Band 1353)
»*Herzschmerz*« (Band 1390)

Originalausgabe 1987
© 1987 Droemersche Verlagsanstalt Th. Knaur Nachf., München
Das Werk einschließlich aller seiner Teile ist urheberrechtlich geschützt.
Jede Verwertung außerhalb der engen Grenzen des Urheberrechts-
gesetzes ist ohne Zustimmung des Verlages unzulässig und strafbar.
Das gilt insbesondere für Vervielfältigungen, Übersetzungen,
Mikroverfilmungen und die Einspeicherung und Verarbeitung
in elektronischen Systemen.
Umschlaggestaltung Adolf Bachmann
Umschlagfoto Scotia Film, München
Satz IBV Satz- und Datentechnik GmbH, Berlin
Druck und Bindung Elsnerdruck, Berlin
Printed in Germany 5 4 3 2 1
ISBN 3-426-01354-1

Cleo Kretschmer:
Arabische Nächte

Roman

ISBN 3-426-01354-1 780

ERSTES KAPITEL

Wahnsinn – made in Bavaria

In einem kleinen bayrischen Dorf, nahe der österreichisch-tschechischen Grenze, also da, wo Fuchs und Hase sich »Gute Nacht« sagen, führt Karin, eine messerscharfe Rothaarige, eine kleine Tankstelle mit Werkstatt. Seit acht Jahren lebt sie mit Wolfgang zusammen, der sozusagen ihr Dauerverlobter ist und ihr bei der Arbeit hilft. Er ist ein kerngesunder Naturbursche, der nur selten nein sagt, wenn ihm ein Mädchen schöne Augen macht. Karin ist sich der Tatsache, daß Wolfgang ein Hallodri ist, sehr wohl bewußt und wacht über ihn mit Argusaugen. Was sie einmal in den Krallen hat, läßt sie so schnell nicht los. Deshalb hält sie ihn auch ziemlich kurz, damit er nur ja keine zu großen Sprünge macht. Trotzdem findet er immer wieder kleine Schlupfwinkel, um ihr zu entwischen.
Mit dem Leben, das er führt, ist er rundum zufrieden. Er hat seine Karin, seine Hobbies, eine Arbeit, die ihm Spaß macht, und ab und zu mal ein kleines Abenteuer. Vor allem an sonnigen Tagen wie heute steht sein Stimmungsbarometer ganz oben. Fröhlich pfeifend liegt er unter einem aufgebockten Wagen und hantiert daran herum. Aus dem Kassettenrecorder dröhnt brasilianische Musik, die er zwar nicht so gerne mag, aber lang kann's ja nicht mehr dauern, denkt er vergnügt.
Karin trägt heute ihre Zöpfchenfrisur und den bunten Esso-Overall, den sie sich aus ein paar Fahnen hat nähen lassen. Das bedeutet, daß sie heute wahrscheinlich ins Wellenbad geht. Also erträgt er die tropischen Klänge mit Fassung, Brasilien ist nun mal Karins Tick. Er weiß auch nicht so recht, warum sie gerade auf dieses Land so abfährt. Ihm wäre Amerika mit den tollen Autos und den

Superhighways lieber. Karin spart jetzt schon zwei Jahre auf den Brasilien-Urlaub. Doch Wolfgang hofft insgeheim noch immer, daß er sie, sollte es erst einmal so weit sein, doch noch zu der Amerika-Reise überreden kann. Bisher hat er sie immer umstimmen können, wenn er es auf etwas Bestimmtes abgesehen hatte. Er ist dann einfach ein paar Wochen vorher schon besonders lieb zu ihr, dann wird sie immer weich wie Butter und erlaubt ihm alles, obwohl sie sonst eher Haare auf den Zähnen hat.

Karin ist derweilen weit entfernt in ihrem Lieblingsland und träumt von Zuckerhut und Karneval in Rio. Andächtig blättert sie in einem Fotoband und verschlingt die bunten Bilder fast mit ihren Augen. Nur einmal mit Wolfgang gemeinsam die Copacabana hinuntermarschieren, frische Papayas essen, den Amazonas entlangfahren, einsame Inseln entdecken und Samba tanzen. Das ist alles, was sie sich vom Leben erträumt. Sie wäre zu gerne einmal richtig braun, und ihre Seele lechzt nach dem ganz großen Abenteuer. Sie ist eigentlich gar nicht so hart, wie sie immer tut. Aber das weiß sie sorgfältig zu verbergen. Sie hat eine panische Angst davor, daß ihr Schatz entdecken könnte, wie romantisch sie im Grunde genommen ist, denn dann würde er ihr noch mehr auf der Nase herumtanzen. Und das befürchtet sie bestimmt nicht ganz zu Unrecht. Ihre Füße, die in italienischen Holzpantoffeln mit Absatz stecken, bewegen sich rhythmisch im Sambatakt.

Da heute wirklich überhaupt kein Geschäft mehr geht, klappt sie das Buch schießlich zu und legt es beiseite. Sie reckt sich genüßlich wie eine Katze und beschließt, baden zu gehen. Schließlich braucht sie ja nicht dauernd wie ein Wachhund herumsitzen, wenn es nichts zu tun gibt. Und außerdem, wie viele schöne Tage gibt es schon in unserem Land? Da muß man jeden einzelnen nutzen. Sie schnappt sich ihren Korb und geht rüber in die Werkstatt.

Als Wolfgang sie kommen hört, beginnt er sofort wieder, eifrig an seinem Rennwagen herumzubasteln, und schlüpft noch tiefer unter das Auto, so daß nur noch seine Füße darunter hervorlugen. Karin muß sich bücken, um sich Gehör zu verschaffen.
»Wolfgang! Wolfgang! Komm einmal raus!« ruft sie mit lauter Stimme, um das Geklapper und Gehämmere zu übertönen.
Wolfgang rutscht umständlich unter dem Wagen hervor und schaut sie erwartungsvoll an. Sie ist immer wieder erstaunt, wie gut er aussieht, wenn er so verschwitzt und verschmiert ist. Aber sie läßt sich nichts anmerken und sagt cool: »Du, paß auf, ich geh' jetzt zum Baden und bin so in ein, zwei Stunden wieder da.«
Er tut so, als müßte er einen Moment überlegen, ob es nicht noch etwas Wichtiges zu erledigen gibt, und erkundigt sich dann, ob sie ins Wellenbad geht, als wenn das nicht sowieso klar wäre.
Karin nickt und will schon gehen, als Wolfgang schnell aufspringt und verlegen herumdruckst. Sie kann sich schon denken, was jetzt kommt, und richtig: Er setzt auch schon zum Angriff an.
»Du, paß auf, bevor du gehst«, meint er so schüchtern lächelnd als möglich, »könnt' ich mir hernach zwanzig Mark aus der Kasse nehmen? Ich muß noch Farbe kaufen für mein Rennauto.«
Er weiß genau, daß er damit bei Karin auf einen wunden Punkt stößt. Prompt geht sie auch über wie ein Flascherl Salzsäure. »Also ehrlich, Wolfgang, ich versteh' dich nicht«, hebt sie an.
»Wie kannst du für diese Dreckskiste auch noch Geld ausgeben? Für den Schrotthaufen ist doch jeder Tupfer Farbe zu schade. Das Ding fällt doch sowieso gleich auseinander.«

Sie ist jetzt beinahe erbost.
»Du weißt ganz genau, daß wir sparen müssen!«
Doch Wolfgang läßt sich von ihrem strafenden Blick nicht einschüchtern.
»Jetzt komm! Sei doch nicht so«, kontert er geschwind. »Es ist eh schon schlimm genug, daß ich dauernd den gleichen Wagen fahren muß. Meine Vereinskollegen schauen schon ganz blöd und lachen sich heimlich tot über mich. Da muß ich ihm doch wenigstens mal eine neue Farbe geben. Du weißt doch, daß ich der Beste bin, sollen die anderen vielleicht denken, daß ich bei dir unterm Pantoffel steh'? Das kannst du doch nicht wollen, oder?«
Er schaut sie so lieb an, daß es ihr schwerfällt, die strenge Miene beizubehalten. Aber so schnell gibt sie nicht nach. Zumindest nicht, bevor sie nicht wenigstens den Versuch unternommen hat, ihm ein schlechtes Gewissen zu machen.
»Du weißt genau, was los ist«, spricht sie mit sorgenschwangerer Stimme. »Seit der letzten Benzinpreiserhöhung ist fast nichts mehr in der Kasse. Da müssen wir uns die paar Pfennige, die bleiben, schon einteilen.«
Wolfgang schickt ein Stoßgebet zum Himmel. Würde dieses Weib denn nie aufhören, Schwierigkeiten zu machen?
»Komm! Auf die paar Mark kommt es doch wirklich nicht an. Außerdem weißt du genau, daß ich hier Tag und Nacht arbeite. Wenn ich nicht so hinlangen würde, könntest du jetzt wahrscheinlich nicht einmal zum Baden gehen.«
Das sitzt! Gegen dieses Argument kommt selbst Karin nicht mehr an. Jetzt ist es an ihr, das schlechte Gewissen zu haben, denn daß er nicht arbeiten würde, kann sie ihm wirklich nicht vorwerfen. Deshalb schweift sie schnell auf ein anderes Thema ab.
»Den ganzen Tag bastelst du an diesen Schrottkisten

herum und vergeudest deine Zeit. Anstatt daß du mal was Vernünftiges erfinden würdest. Warum baust du keinen Motor, der mit Wasser läuft, oder so was Ähnliches, dann könnten wir es diesen Kameltreibern da unten endlich mal zeigen und ihnen den Hahn mal zudrehen, diesen warmen Brüdern!«

Wolfgang hätte beinahe laut lachen müssen, aber er weiß sich zu beherrschen. Seit Wochen sind die Araber Karins Lieblingsthema. Sie hatte nach der letzten Benzinpreiserhöhung geradezu Haßgefühle gegen die Scheichs entwickelt und war Tag und Nacht am Überlegen, wie man denen eins auswischen könnte. Sie war von Haus aus für jede Machtausübung gegen ihre Person hoch empfindlich, und von dieser Preiserhöhung fühlte sie sich persönlich betroffen und sofort in Kriegsstimmung versetzt. Da Wolfgang weiß, wie schnell sie sich auch wieder beruhigt, nimmt er diese Ausbrüche nicht weiter ernst.

»Du bist gut«, schmunzelt er, »ich bin froh, daß ich überhaupt einen habe, der mit Benzin läuft. Da soll ich auch noch einen erfinden, der mit Wasser läuft!«

Karin hat keine Lust, sich auf endlose Diskussionen einzulassen, deshalb gibt sie lieber nach. Sie weiß sowieso, daß ihr Wolferl sie nicht eher wegläßt, bevor sie ihm das Geld nicht bewilligt.

»Ach was! Von mir aus streich deinen Scheißkübel doch an! Ich geh' jetzt baden!« brummt sie mißmutig und geht zu ihrem Rad, das vor der Garage abgestellt ist.

Wolfgang strahlt. Hat er doch wieder mal gewonnen.

Karin zieht ihre Pantoffeln aus, tut sie in den Korb und fährt hocherhobenen Hauptes davon.

»Paß auf, daß dir nichts passiert«, ruft ihr Wolfgang fröhlich hinterher. Sie zieht es vor, diesen letzten Satz einfach zu überhören.

Kaum ist sie außer Sicht, reibt Wolfgang sich vergnügt die

Hände. Jetzt, wo die Katze aus dem Haus ist, kann er es sich gemütlich machen. Im Tanzschritt begibt er sich in Karins Büro, wo noch immer der Kassettenrecorder dröhnt. Mit einem befriedigten Aufatmen stellt er ihn ab und legt eine neue Kassette ein, die er aus der Brusttasche seiner Montur zieht. Genüßlich drückt er auf die »Play«-Taste und lauscht verzückt den heißen Reggae-Klängen, die bald darauf ertönen. Beschwingt geht er zurück in seine Werkstatt, greift sich das Schmieröl und drückt einen kräftigen Klacks davon auf seinen Handteller.
»Öl in die Haare ist das einzig Wahre«, beteuert er sich selbst, während er sich das Schmieröl genüßlich in die Haare schmiert, so, als wäre es feinstes Nerzöl.
Während Wolfgang sich so verschönert und sich wieder an die Arbeit an seinem Rennauto Marke »Crashcar« macht, schwimmt Karin bereits mit kräftigen Zügen im Wellenbad herum. Sie liebt nichts so sehr wie Wasser, und das Wellenbad, das es seit ein paar Monaten im Ort gibt, ist ihr zumindest ein schwacher Ersatz für die Copacabana. Sie hat sich angewöhnt, mindestens zweimal in der Woche hierherzukommen, um sich fit zu halten. Damit keiner ertrinkt, wenn der Wellengang eingeschaltet wird, hält ein Bademeister in einer Glaskabine ständig Wacht. Auch Ballspielen im Wasser ist verboten. Karin ist dem Bademeister dankbar, als er eine Schar Buben, die schreiend im Wasser herumplanschen, daran erinnert, daß Ballspielen nicht gestattet ist. Sie haßt es, wenn diese Gören dauernd so einen Lärm machen, wo sie sich doch entspannen will. Sie hat so ihre liebe Not mit den Knaben, die sich extra einen Spaß draus machen, genau vor ihrer Nase ins Wasser zu springen und möglichst nah um sie herumzuschwimmen. Am liebsten würde sie alle ersäufen. Fluchend versucht sie, sich wieder einen Weg in ruhiges Gewässer zu bahnen. Ergebnislos! Je mehr sie

schimpft, desto wilder gebärden sich die Jungs. Jetzt, wo sie keinen Ball mehr haben, halten sie sich eben an ihr schadlos. Schließlich gibt sie auf. Wütend verläßt sie das Becken, hüllt sich in ein großes Handtuch und nimmt auf einem Liegestuhl Platz. Schließlich können diese Gören ja nicht ewig im Wasser bleiben.
Da es ihr in der Halle zu sehr nach Chlor stinkt und außerdem die Sonne so schön scheint, nimmt sie kurzentschlossen ihren Liegestuhl und legt sich raus in den Garten. Wohlig räkelt sie sich in ihrem Stuhl, läßt sich von der Sonne wärmen und vergißt ihre Sorgen.
An der Tankstelle ist inzwischen der Teufel los. Aus der Werkstatt tönt lautes Geschrei. Wolfgang hat einen harmlosen Touristen am Schlafittchen, der eigentlich nur in die Werkstatt gekommen war, als nach mehrmaligem Hupen niemand an der Zapfsäule erschienen war. Er hat wirklich außer Tanken nichts im Sinn. Aber Wolfgang rastet fast aus. Mit einer Schimpfkanonade jagt er den armen Mann vor sich her. »Raus da!« brüllt er. »Ich geb' dir dein Benzin, aber in meiner Werkstatt hast du nichts verloren!«
Der gute Mann weiß gar nicht, wie ihm geschieht. Aber er beschließt, in Zukunft mit den Einheimischen sehr vorsichtig umzugehen. Vielleicht ist an der Sache, »daß die Bayern ein listiges Bergvolk sind, das sehr schnell mit dem Messer ist«, doch was dran. Er erinnert sich, so was Ähnliches mal in einem Lexikon gelesen zu haben.
»Jetzt regen Sie sich nicht auf, guter Mann«, versucht er den aufgebrachten Jüngling zu beruhigen, »ich will doch bloß tanken. Sonst gar nichts.«
»Ja, dann fragst anständig!« erwidert Wolfgang mürrisch. »Dann kriegst dein Benzin!«
Wütend reißt er den Zapfhahn von der Säule.
»Da hockst dich rein in dein Auto«, plärrt er den Kunden an, »dann kriegst dein Benzin!«

Aber der Mann, offensichtlich ein Hesse, hat jetzt seinerseits die Schnauze voll.
»Hier bleib' ich stehen, genau hier!« brüllt er störrisch und deutet auf den Tank des Mercedes. »Da geh' ich keinen Schritt weiter.«
»Dann bleibst halt stehn«, brummelt Wolfgang und steckt den Zapfhahn in den Tank. Er vermeidet es sorgfältig, den Kunden dabei anzusehen. Sein Blick schweift in die Ferne und entdeckt plötzlich Christl, die mit dem Rad auf die Tankstelle zugefahren kommt. Da ihm die blonde, sehr kurvenreiche Christl ausnehmend gut gefällt und er auch schon mal mit ihr im Heu war, will er natürlich gut vor ihr dastehen. Streit mit diesem Hessen ist das letzte, was er brauchen kann. Deshalb entschuldigt er sich schnell bei dem Mann für seinen Gefühlsausbruch, was dieser gnädig akzeptiert. Der Mann zahlt und fährt erleichtert, diesem Barbaren entronnen zu sein, davon.
Christl sieht wieder mal zum Anbeißen aus. Mit ihren süßen achtzehn Jahren, ihrem frischen Teint, den wunderschönen hellbraunen Nougataugen und den wirklich beachtlichen Kurven sieht sie aus wie eines der berühmten Vargas-Girls. Kein Wunder, daß alle Männer glänzende Augen und einen erhöhten Puls kriegen, sobald sie nur irgendwo auftaucht. Obwohl sie noch so jung ist – oder vielleicht gerade deshalb –, sind Männer für sie so eine Art Mäuschen, mit denen man schön spielen kann. Sie findet es einfach lustig, wenn Männer sich wegen ihr die Köpfe einschlagen.
Wolfgang ist ihr neuestes Opfer. Deshalb hat sie ihren hellblauen Matrosenanzug mit den superheißen Hot pants angezogen, von dem sie weiß, daß er ihren drallen Kindersex in ein besonders vorteilhaftes Licht rückt, wenn sie auch sonst ein eher naives Gemüt hat. In Sachen Männerverführung ist sie bereits eine Expertin. Zielstre-

big radelt sie auf ihrem pinkfarbenen Rad Richtung Tankstelle. Sie fährt an Wolfgang vorbei und stellt das Rad direkt am Eingang zur Werkstatt ab. Sorgfältig zupft sie ihre Bluse zurecht und lächelt ihn, der eilenden Schritts auf sie zukommt, einladend an.
»Servus«, haucht sie verführerisch und macht Katzenaugen.
Wolfgang ist ganz aus der Fassung.
»Sag mal, bist du wahnsinnig?« zischt er. »Du kannst doch nicht einfach hierherkommen.«
»Wieso denn nicht? Ich brauch' doch bloß ein bißchen Terpentin!« schmollt sie scheinheilig und wirft einen raschen Seitenblick Richtung Büro. Sie will sich doch lieber vergewissern, ob Karin nicht von hinten mit dem Brotmesser auf sie losgeht. Es ist im Ort ausreichend bekannt, wie eifersüchtig Karin ist. Aber gerade das reizt sie ja so sehr.
»Spinnst du? Wir sind doch hier kein Supermarkt. Ich hab' kein Terpentin, höchstens Benzin«, mault er.
Christl ahnt, daß die Luft rein ist, deshalb beschließt sie, Wolfgang ein bißchen auf die Palme zu treiben. Mit einem unschuldigen Augenaufschlag erkundigt sie sich nach Karin. »Wo ist denn deine rothaarige Tante? Ich seh' sie ja gar nicht.«
»Das geht dich gar nichts an!« empört sich Wolfgang.
»Und überhaupt, warum willst du das wissen?«
Christl wirft sich in Pose. »Ach nur so, weil ich sie gerne begrüßt hätte«, antwortet sie trotzig.
Wolfgang muß lachen. »Ihr Weiber seids doch alle gleich«, bemerkt er kopfschüttelnd. »Das, was da neulich war, streichst du dir am besten aus deinem sowieso nur sehr spärlich vorhandenen Hirn. Für solche Kleinigkeiten hab' ich keine Zeit. Gegessen und vergessen! Kapierst?!«

Diese Großkotzigkeit ist Christl denn doch zuviel. »Sag mal, spinnst du?« antwortet sie sauer. »Erst so und dann so! Neulich hast du noch ganz anders geredet!«
Wolfgang zuckt bedauernd mit den Schultern und macht eine Geste, die wohl als Entschuldigung aufgefaßt werden soll. »Ja mei, Mädel! Das Leben ist hart.«
So was ist Christl noch nicht vorgekommen. Aber da sie einsieht, daß hier für sie heute nichts zu holen ist, beschließt sie, das Feld zu räumen.
»Du bist auf jeden Fall eine ganz schmierige Ölpfütze«, erklärt sie mit Nachdruck, während sie sich aufs Rad schwingt. Sie hat eine Riesenwut im Bauch. Was bildet sich dieser blöde Kerl eigentlich ein? Sie kann das nicht auf sich sitzenlassen, deshalb wendet sie sich während der Fahrt nochmals kurz um.
»So was wie dich find' ich auf jeden Fall an jeder Ecke«, brüllt sie zornig und fährt eilig davon.
Das sitzt.
»Und du? Du hast auch nichts als deine Riesentitten! Im Hirn hast ja nix drin!« plärrt er ihr hinterher. »Deshalb steh' ich ja auch so auf meine Alte!«
Nach diesem Ausspruch scheint sein männliches Selbstbewußtsein wiederhergestellt zu sein, denn er geht wieder an seine Arbeit.
Während er sich wieder unter den Wagen begibt, schwört er sich hoch und heilig, in Zukunft nur noch mit Mädchen aus Orten zu schlafen, die mindestens 20 Kilometer entfernt sind. Nicht auszudenken, was passiert wäre, wenn Karin dagewesen wäre. Die hätte der Blonden die Augen ausgekratzt und ihm das Taschengeld für mindestens zwei Wochen gestrichen, und dann – ade, Rennen.

Karin läßt es sich inzwischen gutgehen. Mit kräftigen Zügen schwimmt sie durchs Becken, froh, daß sie es im Mo-

ment so ziemlich für sich allein hat. Sie absolviert ein regelrechtes Schwimmtraining, denn sie will fit sein für Rio. Auch wenn das noch in weiter Ferne liegt. Für sie ist klar, daß sie eines Tages das Geld für die Reise haben wird, und wer weiß, vielleicht wird es sogar die Hochzeitsreise sein. Nach dieser langen Verlobungszeit wäre es ja jetzt wirklich bald an der Zeit, doch bisher hat Wolfgang sich immer wieder herausgemogelt, und zwingen will sie ihn nicht, das verbietet ihr ihr Stolz.
Sie verändert den Schwimmstil und geht in Rückenlage. Schwerelos treibt sie auf dem Wasser dahin und hängt ihren Träumen nach. Nur ab und zu bewegt sie eine Zehe oder den kleinen Finger und fühlt sich mit dem Wasser eins werden. Es hätte sicher nicht mehr lange gedauert und sie wäre eingeschlafen, wenn nicht plötzlich Christl in einem atemberaubenden Bikini das Schwimmbad betreten hätte.
Sie postiert sich auf der Brücke, die zu der gläsernen Schaltkabine führt, in der der Bademeister regiert. Als sie bemerkt, daß dieser auf sie aufmerksam wird, beugt sie sich ein wenig über die Brüstung, so daß der Einblick in ihr Dekolleté bis scharf an die Grenze geht. Sie wirft einen verächtlichen Blick auf Karin, die unter ihr ahnungslos dahingleitet, und schenkt darauf dem Bademeister ihr strahlendstes Lächeln. Der arme Mann gerät dadurch vollends aus der Fassung. Seine Augen werden immer größer und bekommen einen leicht irren Ausdruck, was Christl unheimlich befriedigt und sie die kurz zuvor erlebte Schlappe im Handumdrehen vergessen läßt. So hat sie's gerne. Als sie sich mit der Zungenspitze dann auch noch verheißungsvoll über die halbgeöffneten, rosig schimmernden Lippen fährt, ist es um den Bademeister geschehen. Er starrt sie an wie ein hypnotisiertes Kaninchen und merkt dabei nicht, daß er mit der einen Hand

und seinem ganzen Gewicht auf dem Knopf liegt, der für den Wellengang verantwortlich ist. Christl bemerkt kichernd, wie sich die Hose des armen Menschen an einer gewissen Stelle verdächtig zu wölben beginnt.

Im Becken ist im Nu die Hölle los. Die Wellen peitschen in so rascher Folge durch, daß Karin kaum mehr zum Luftholen kommt. Hilflos wird sie hin und her geschleudert, und sie schreit um Hilfe, als sie merkt, daß sie gegen die Kraft des Wassers nicht mehr ankommt.

Obwohl die Alarmglocke schrillt, dauert es eine Weile, bis der verliebte Bademeister wieder zu sich kommt und sich aus Christls Bannkreis befreien kann. Verzweifelt versucht er, den wilden Wellengang wieder abzustellen. Doch das System ist anscheinend total aus dem Gleichgewicht geraten. Er kriegt die Sache einfach nicht in den Griff. So bleibt ihm schließlich keine Wahl. Er greift nervös zum Telefon und alarmiert die Freiwillige Feuerwehr.

Christl beobachtet das ganze Treiben mit sichtlichem Vergnügen. Sie könnte sich totlachen, wie Karin da unten im Wasser herumzappelt. »Wie eine Fliege, die in eine Maß Bier gefallen ist«, denkt sie amüsiert. Der Ernst der Lage ist ihr anscheinend keine Sekunde bewußt, so fasziniert ist sie von der Tatsache, dieses wunderbare Chaos ganz alleine ausgelöst zu haben.

Bei der Freiwilligen Feuerwehr löst der Auftrag, im Schwimmbad zu löschen, zwar anfänglich etwas Befremden aus, doch dann nimmt man den Notruf gerne als willkommene Ablenkung hin. Blitzschnell sind die Jungs zur Stelle, springen in die Uniformen, und ab geht die Post. Auch Wolfgang gehört seit Jahren zur Truppe, und da die Tankstelle sowieso auf dem Weg liegt, beschließt man, ihn gleich dort abzuholen.

Wolfgang repariert gerade den Motor seines Wagens, als der Spritzenwagen vorfährt.
»Schnell, komm! Das Schwimmbad brennt!« brüllt sein Freund Mischa ihm zu.
Da Wolfgang anscheinend mal wieder auf den Ohren sitzt und außerdem die Reggae-Musik in ohrenbetäubender Lautstärke dröhnt, drückt Mischa kräftig auf die Hupe.
Wolfgang erschrickt so heftig, daß er sich, als er schnell hochschaut, erst den Kopf anhaut, und dann spritzt ihm auch noch ein Wasserstrahl aus dem Motoreingeweide direkt ins Auge.
»Was ist denn los?« fragt er, als er die Kollegen sieht. Als er den Sachverhalt erfährt, läßt er sofort alles stehen und liegen. Er ist mit Leib und Seele bei der Feuerwehr, liest sogar heimlich »Grisu, der kleine Drache«. Blitzschnell holt er Uniform und Helm aus dem Schrank und beeilt sich, auf den bereits wieder anfahrenden Wagen aufzuspringen, was ihm nur mit Müh und Not gelingt.
»Warum wartet ihr denn nicht?« beschwert er sich und hält sich an der Wagentüre fest.
Mischa schaltet statt einer Antwort die Sirene ein, was wohl heißen soll, daß es sich um einen ganz dringenden Notfall handelt.
Wolfgang kommt sich vor wie ein echter Held und freut sich schon richtig auf seine bevorstehenden Taten.

Im Schwimmbad ist die Rettungsaktion inzwischen in vollem Gange. Karin wurde völlig erschöpft an den Rand gespült und von einer Freundin aus dem Wasser gezogen. Schwer atmend und zwischendurch wasserspuckend liegt sie am Beckenrand und dankt ihrem Schöpfer, daß sie noch mal mit dem Leben davongekommen ist. Birgit, die Freundin, trocknet sie hingebungsvoll ab und klärt sie auf, wer an dem ganzen Schlamassel schuld war.

»Das war die da drin mit dem Atombusen«, berichtet sie lautstark. Dabei deutet sie auf Christl, die in aller Unschuld, mit Schwimmreifen ausgestattet, in dem mittlerweile wieder spiegelglatten Wasser herumplanscht.
»Dem Bademeister sind ja fast die Augen aus dem Kopf gequollen, als dieses schamlose Luder aufgetaucht ist!«
Karin dreht sich um, wirft einen Blick auf Christl und bricht stöhnend wieder zusammen.
»So ein Mistvieh«, bringt sie gerade noch heraus, dann liegt sie hechelnd auf dem Boden.
»Ruh dich erst einmal aus«, rät die besorgte Freundin.
Das Feuerwehrauto braust inzwischen so rasch es geht durch die Landschaft. Die Fahrt ist schon beinahe mörderisch, denn Mischa, der den Wagen lenkt, rutscht dauernd der zu große Helm ins Gesicht, so daß er eigentlich gar nicht sieht, wo er hinfährt. Seine Kollegen sind daran wohl schon gewöhnt, denn keiner scheint um die Sicherheit sonderlich besorgt zu sein. So wie die Mannschaft aussieht, hätte sie auch wunderbar in die Muppets Show gepaßt.

Karin hat sich inzwischen einigermaßen erholt, denn sie ist schon wieder kräftig genug, den Einflüsterungen von Birgit zu lauschen. Was sie vielleicht besser nicht getan hätte, denn was diese ihr zu berichten hat, gefällt ihr gar nicht.
»Ich hab' sie übrigens gesehen, diese Schlange«, hebt sie genüßlich an, »vor zwei Tagen war's in der Disco in Grafenau, und dein Wolfgang war auch dabei!«
Karin hatte ein Gefühl, als hätte ihr jemand in den Magen getreten. Aber sie will sich keine Blöße geben, deshalb kontert sie giftig und mit schneidender Kälte in der Stimme.
»Ach nein! Was du nicht sagst! Und das soll ich dir glau-

ben? Ist das wirklich wahr, oder hast du nur wieder mal deinen Frust?«
»Hab' ich das vielleicht nötig, so was zu erfinden?« antwortet Birgit schnippisch und beleidigt. Schließlich will sie Karin doch nur was Gutes tun.
»Auf solche dicke Titten, wie die hat, steht doch jeder. Dein Wolfgang ist da bestimmt nicht der einzige.«
Karin kocht beinahe über, als Birgit sie auch noch zu trösten versucht.
»Du bist doch bekannt für deine Tratschereien«, fährt sie die Freundin an.
Der reicht es jetzt endgültig. »Dann frag ihn doch einfach, deinen Wolfgang, wenn du mir nicht glaubst. Dann wirst schon sehen, wie er rot wird!« verteidigt sie sich gekränkt.
»Darauf kannst du Gift nehmen!« zischt Karin erbost. »Und gnade dir Gott, wenn du mich belogen hast! Ich weiß genau, daß der Wolfgang am Samstag beim Mischa war. Das hat er mir nämlich selber gesagt.«
Birgit lacht gekünstelt. »Mein Gott, beim Mischa war er, der Gute, und an der ihre Titten ist dann wohl sein Doppelgänger drangehängt, was?«
Daß Karin ihr nicht glauben will, macht sie schier wahnsinnig. So eine dumme Pute. Aber Karin ist eigensinnig.
»Ich hab' von dir schon öfter gehört, daß du gerne hetzt, und daß du die größte Ratschkathl im Dorf bist, weiß sowieso jeder.«
Wahrscheinlich hätten sich die beiden gleich die Augen ausgekratzt, wäre die geladene Atmosphäre nicht durch den bühnenreifen Auftritt der inzwischen eingetroffenen Freiwilligen Feuerwehr entschärft worden.
Wie die Panzerknackerbande im Karnevalskostüm kommt die Truppe in das Schwimmbad gestürzt, den Feuerwehrschlauch hinter sich herziehend.

Mischa, der wegen seinem Helm immer noch wenig sieht, stürzt, dicht gefolgt von Wolfgang, über die Brüstung direkt in den Pool, was erheblich zur Erheiterung der anwesenden Gäste beiträgt. Die beiden Feuerwehrmänner haben reichlich Mühe, in den schweren Uniformen den rettenden Beckenrand zu erreichen. Triefend, mit Mitleid heischendem Dackelblick, steht Wolfgang vor Karin. Die schaut ihn an wie die Rachegöttin persönlich. Wenn Blicke töten könnten, hätte sie ihn vermutlich in zwei Hälften gespalten. Er ahnt nichts Gutes, vor allem, als er das schadenfrohe Grinsen von Birgit wahrnimmt.
»Wo brennt's denn eigentlich?« erkundigt er sich schließlich kleinlaut, ohne wirklich eine Antwort zu erwarten.
Karin wendet sich angewidert ab und spielt die gekränkte Hoheit. Wolfgang weiß, was es geschlagen hat, und kratzt sich aus Verlegenheit am Kopf, was die Sache auch nicht besser macht.

Auf dem Nachhauseweg spricht Karin kein Wort mit ihm, was wohl daran liegt, daß seine Kameraden dabei sind.
Zu Hause angekommen, stürmt sie ins Schlafzimmer, packt sein Bettzeug zusammen und knallt es im Wohnzimmer aufs Sofa. Noch ehe er etwas sagen kann, hat sie die Schlafzimmertür hinter sich zugeknallt und den Schlüssel zweimal herumgedreht.
Irgendwas muß sie rausgekriegt haben, überlegt Wolfgang sorgenvoll. Da ihm nicht einfällt, welche seiner Missetaten er ihr freiwillig beichten soll, ohne sich in noch größere Schwierigkeiten zu begeben, geht er zurück in die Werkstatt und spritzt seinen Wagen für das morgige Rennen um. Damit ist er sowieso die ganze Nacht beschäftigt. Im stillen hofft er sehr, daß sie sich bis morgen wieder beruhigt hat.

Aber da kennt er seine Karin schlecht! Auch am nächsten Morgen raucht sie noch vor Wut. Das merkt er schon daran, wie schwungvoll sie die Türen schmeißt. Auch sein zaghafter Versuch, sie durch das haifischartig bemalte Auto aufzumuntern, schlägt fehl. Dabei hat er sich so viel Mühe gegeben. Die ganze Nacht hat er darauf verwendet, seinen Schrottkübel in ein hellblaues Monster mit gefährlich gefletschtem Haifischmaul zu verwandeln. Um dem Ganzen noch den besonderen Pfiff zu geben, hat er zu allem Überfluß vorne vor der Windschutzscheibe mehrere Mundharmonikas angebracht, die das Gefährt auch noch mit der nötigen Akustik versorgen. Nur mit Müh und Not gelingt es ihm, sie dazu zu bewegen, sich zu ihm in den Wagen zu setzen. Weil sie es eilig hat, bleibt ihr schließlich keine andere Wahl. Fluchend zwängt sie sich in ihrem knallengen Pepitakostüm in die Kiste.
Sie hat sich heute überhaupt mächtig herausgeputzt. Sie sieht richtig scharf aus. Das liegt wahrscheinlich daran, daß sie auf die alljährliche Tagung der Tankstellenbesitzer ins Steigenberger-Hotel geladen ist, wo immer heiß diskutiert wird. Die Wut, die sie sowieso schon im Bauch hat, kommt ihr heute sehr gelegen, denn sie hat einiges auf der Pfanne, was sie diesem Generalvertreter des Ölkonzerns servieren will.

Der Wagen macht einen ohrenbetäubenden Lärm, als er kurz darauf mit einem Affentempo losbraust. Selbst die Kühe nehmen erschreckt Reißaus und glotzen dem eigenartigen Gefährt verdutzt hinterdrein.
Karin ist sichtlich genervt. Immer wieder schleudert sie wütende Blicke Richtung Wolfgang, der starr auf die Straße schaut, den Fuß nicht vom Gaspedal nimmt und gute Miene zum bösen Spiel macht. Er versucht, sich auf das bevorstehende Rennen zu konzentrieren und die

Zeitbombe auf dem Beifahrersitz einfach zu vergessen, was offen gesagt nicht ganz leicht ist, denn Karins Anspannung steigert sich langsam ins Unerträgliche. Wenn noch Scheiben in den Fenstern wären, hätte es sie bestimmt zertrümmert.

Wolfgang sieht schließlich ein, daß er um die Konfrontation nicht länger herumkommt, deshalb hält er an. Er versteht gar nicht, wie man an einem so schönen Tag in solch einer zauberhaften Umgebung derartig wütend sein kann. Mühsam klettert er aus dem Wagen, weil die Wagentür auf der Fahrerseite nicht aufgeht. Er geht um das Gefährt herum und baut sich vor der schmollenden Karin auf.

»So! Könntest du mir bitte jetzt mal sagen, was dir schon wieder nicht paßt?« fragt er gereizt.

Karin schüttelt den Kopf wie ein gereizter Stier und zieht eine Schnute.

»Du bist doch wohl wahnsinnig«, hebt sie an. »Mit diesem Ungetüm hier mit mir durch die Gegend zu fahren! Mir reißt es fast den Kopf weg von dem Lärm. Mach die Dinger sofort ab!« Dabei deutet sie mit einer herrischen Geste auf die Mundharmonikas. Wolfgang ist aufs äußerste gekränkt, daß sein kreativer Einfall keine Gnade in Karins Augen findet.

»Wenn du meinen schönen Wagen so unmöglich findest, versteh' ich gar nicht, daß du überhaupt eingestiegen bist. Du hättest ja auch mit dem Bus zu deinem Treffen fahren können«, sagt er beleidigt und zieht ein Gesicht wie sieben Tage Regenwetter. Da hat er aber bei Karin gerade auf einen wunden Punkt getroffen.

»So weit kommt's noch!« brüllt sie unbeherrscht. »Schließlich handelt es sich bei dieser Kiste um mein Auto, das hab' ich bezahlt, der Wagen gehört mir! Oder hast du das schon vergessen?« Eine angriffslustige Kobra ist wirklich die reinste Blindschleiche gegen sie.

Wolfgang kennt diese Litanei zur Genüge und hat wirklich keine Lust zu warten, bis sie sie zu Ende gebetet hat.
»Jetzt mach aber mal einen Punkt«, hebt er an, »ich bitte dich! Ich steh' doch wirklich seit Jahr und Tag im Geschäft und arbeite mich halbtot, da brauchst du mir nicht dauernd vorzuhalten, daß alles dir gehört. Ohne mich wärst du schon lange pleite!«
Da Karin ganz genau weiß, daß sie im Unrecht ist, greift sie auf ihre altbewährte Taktik zurück und wechselt das Thema. Sie ist der Meinung, daß es jetzt wirklich Zeit für den Todesstoß ist. Aufreizend langsam zupft sie ihre Frisur zurecht.
»Weil wir gerade beim Thema Arbeit sind – wie war es eigentlich letzten Samstag beim Mischa? War's nett?« fragt sie scheinheilig. Dabei durchbohrt sie ihn mit einem Röntgenblick, daß er sich bald fühlt wie ein Schweizer Käse. Er spürt deutlich, daß er sich auf Glatteis begibt. Trotzdem lächelt er tapfer und spielt den Harmlosen.
»Wieso fragst du? Was soll denn da gewesen sein? Rumgebastelt haben wir an dem Wagen. Wir haben den Motor frisiert, damit er noch besser geht und wir unseren Gegnern noch stärker entgegentreten können. Schließlich wollen wir siegen. Ist doch klar!«
Seine wasserblauen Augen schauen sie dabei so unschuldig an, als könnte er kein Wässerchen trüben, deshalb sieht sich Karin gezwungen, deutlicher zu werden.
»So! Und wie kommt es dann, daß man dich gesehen hat, in Grafenau in der Disco, mit dieser Christl?«
Jetzt hilft nur noch Frechheit. Wolfgang scheut sich auch nicht, das Blaue vom Himmel zu lügen.
»So eine Gemeinheit!« verteidigt er sich entrüstet. »Jetzt spionierst du mir sogar schon nach! Das ist doch wohl die Höhe!«
»Versuch dich bloß nicht herauszureden«, schimpft Ka-

rin stocksauer. »Du bist gesehen worden. Die Birgit hat euch gesehen, und ich glaub' kaum, daß die dich verwechselt. Lüg mich ja nicht an!«
Sie nestelt nervös an ihrer Kostümjacke herum.
Aber Wolfgang ist nicht aus der Fassung zu bringen. »Geh, Hasi!« versucht er seine Haut zu retten. »Laß dich doch von diesen Weibern nicht immer so hereinlegen! Die Birgit ist ja bloß scharf auf mich. Hast du das denn immer noch nicht kapiert. Die rennt mir schon lange nach, diese Schlange, und du fällst auf diese Hexe auch noch herein! Die will uns doch nur auseinanderbringen. Deshalb erfindet sie solche Lügengeschichten. Ich schwöre dir bei allem, was mir heilig ist, daß ich dich noch nie betrogen habe!«
Karin weiß gar nicht, was sie von der Sache halten soll. Sie ist verunsichert. Wolfgang weiß, daß er jetzt weitermachen muß, wenn er das soeben eroberte Land nicht gleich wieder verlieren will.
»Du weißt doch, daß ich nicht lügen kann. Das liegt mir nicht. Meine Arme und Beine sollen mir sofort abfallen, wenn das nicht die Wahrheit ist!«
Eigentlich hätte er jetzt auf der Stelle tot umfallen müssen, so himmelschreiend ist diese Lüge. Aber der Himmel ist anscheinend taub.
»Du Feigling«, zischt Karin, »ein anderer Typ würde wenigstens zu den Sachen, die er verbockt, stehen. Aber du bist ja nicht mal dazu in der Lage. Du bist ja nur noch Blech!«
»Und du bist blöd!« kontert Wolfgang ungerührt und lacht sich ins Fäustchen. Er findet Karin entzückend, wenn sie so wütend ist. Sie fängt dann immer richtig zu glühen an, und ihre Augen schleudern Blitze.
»Einen besseren Typen wie mich kriegst du ja sowieso nicht«, setzt er noch frech dazu.

»Das wollen wir erst mal sehen«, antwortet Karin empört.
Wolfgang kann nur noch den Kopf schütteln. »Das will sie auch noch sehen«, äfft er sie nach.
Offensichtlich ist es ihr gelungen, seinen Stolz zu kränken, denn er hat keine Lust, sich noch länger mit ihr auseinanderzusetzen. Er zieht eine Fluppe und entfernt die Mundharmonikas. Wenn sie sie so stören, nimmt er sie eben ab. Er kann sie ja später wieder anmachen.
»So, ich hoffe, der Wagen ist der gnädigen Frau nun genehm«, bemerkt er spöttisch, als er damit fertig ist. »Ich fahr' dich jetzt zu deinem Treffen, und dann kannst du mir den Buckel runterrutschen.«
Karin verkneift sich eine rüde Bemerkung und stiert statt dessen verbissen in die Landschaft.
Während der ganzen Fahrt wechseln die beiden kein einziges Wort und köcheln still vor sich hin. Eine Versöhnung scheint unmöglich, da beide einen gewaltigen Dickschädel haben. Wolfgang haßt Karin in solchen Momenten. Kann sie denn nicht einfach mal ein Auge zudrücken und die Sache gut sein lassen? Karin könnte ihn erwürgen. Warum kann er nicht einfach mal die Wahrheit sagen? Sie weiß doch, wie er ist. Aber diese ständige Lügerei geht ihr auf die Nerven. Irgend etwas muß geschehen, damit er endlich mal kapiert, was er an ihr hat. Sie weiß zwar noch nicht, was sie unternehmen will. Aber daß etwas geschehen muß, wird ihr in diesem Moment klar. Sonst zieht sich das Verhältnis noch ein paar Jahre so hin und verläuft irgendwann einmal im Sande.

Mit lautem Quietschen hält der Wagen vor dem Steigenberger, direkt neben einem schwarzglänzenden Cadillac, aus dem sofort ein dicker, kleiner Chauffeur springt, der sich erwartungsvoll in Positur stellt.

Wolfgang schält sich aus seiner Sardinenbüchse von Wagen und öffnet Karin die Tür. Sie steigt aus und würdigt ihn keines Blicks. Aber das hat er auch gar nicht anders erwartet. Da sie ein Ventil für ihren aufgestauten Ärger benötigt, schnauzt sie den Chauffeur an, der freundlich wie ein Honigkuchenpferd grinst.
»Breiter geht's wohl nicht«, fährt sie ihn an, weil die Tür des Cadillac ihr den Weg versperrt.
Diensteifrig versucht dieser, ihr ein selbstklebendes Etikett seiner Firma ans Revers zu pappen, was Karin nur noch mehr in Rage bringt. Wütend reißt sie sich das Wapperl wieder herunter und klebt es dem entsetzten jungen Mann mitten aufs Hirn. »Sie haben wohl einen Vogel!« plärrt sie ihn im Vorbeigehen an.
Der weiß vor Schreck gar nicht, wie er reagieren soll.
In eben dieser Laune stürzt sie ins Konferenzzimmer, wo der Generalvertreter mitten in seinem Vortrag steckt.
»Was haben Sie denn da eigentlich für einen Idioten draußen stehen?« beschwert sie sich statt einer Begrüßung und drängt den Vertreter damit gleich in eine Verteidigungsstellung.
»Entschuldigen Sie, Frau Weiß, Sie sprechen von meinem Chauffeur.«
»Das ist ja noch schlimmer«, schimpft Karin weiter. »Erst versperrt er mir den Weg, und dann hält er mich auch noch für eine Litfaßsäule.«
»Frau Weiß – Sie sprechen von unseren Identifikationsschildchen. Das ist bei uns so üblich«, versucht er die erboste Karin zu beruhigen.
»Fräulein Weiß, bitte«, unterbricht sie ihn gereizt.
Allmählich beginnt dem Vertreter die Unterhaltung Spaß zu machen.
»Ach, ich dachte, Sie sind inzwischen verheiratet«, entgegnet er süffisant und lächelt dabei wie ein Fuchs.

»Nein, bin ich nicht«, antwortet Karin genervt. »Tut mir leid, Herr Peterson, ich hab' eigentlich noch auf Sie gewartet.«
Dabei sieht sie aus, als hätte sie ein ganzes Kilo Essiggurken geschluckt.
Herr Peterson, dem Karin keine Fremde ist, zieht es vor, sich auf ein sicheres Territorium zurückzuziehen.
»Lassen wir das, Frau Weiß«, lenkt er ein, »und widmen wir uns lieber den Themen der Tagung.« Das hätte ihm gerade noch gefehlt, mit dieser Megäre in den Nahkampf zu gehen. Er hatte schon mehrmals das zweifelhafte Vergnügen gehabt, sich von dem streitbaren Charakter dieser Dame hautnah zu überzeugen.

Wolfgang ist inzwischen am Rennplatz eingetroffen und Hahn im Korb. Schließlich ist er der Champion! Eine Horde aufgeregter Teenies umringt seinen Wagen und fordert lautstark Autogramme, die er willig gibt. Es macht ihm Spaß, so im Mittelpunkt des Interesses zu stehen. Er liebt das Bad in der Menge, das ihn rasch den Ärger mit Karin vergessen läßt.
Auch Christl ist selbstverständlich zur Stelle. Da sie sich ein paar kräftige Begleiter mitgebracht hat, traut sie sich, frech zu werden. Während Wolfgang sich einen Weg durch seine begeisterten Fans bahnt, beschimpft sie ihn mit unflätigen Ausdrücken, was ihm nur ein müdes Lächeln entlockt. Soll sie sich doch aufregen. Das zeigt ihm nur, daß sie gekränkt ist. Er geht einfach an ihr vorbei und schiebt sie zur Seite. Das versetzt sie in eine solche Wut, daß sie zornig mit dem Fuß aufstampft.
»Geh doch hin und hau ihm eine rein!« versucht sie einen ihrer Begleiter aufzustacheln.
Aber der hat eine bessere Idee. Wie eine Feder hebt er sie zu sich hoch und verschließt ihren geifernden Mund mit

Küssen. Im Nu vergißt sie ihren Zorn und wendet sich mit der gleichen Hingabe, mit der sie zuvor geschimpft hat, ihrer neuen Beschäftigung zu. Küssen macht ja auch viel mehr Spaß, und überhaupt hat ihr neuer Freund ja auch viel mehr Muskeln und ist viel größer und stärker und schöner als dieser Wolfgang, denkt sie, während sie sich in die Arme ihres neuen Helden schmiegt.
Wolfgang hat nur noch das Rennen im Sinn. Siegessicher mustert er seine Konkurrenten und signalisiert ihnen mit seinem strahlendsten Lächeln, daß er den Sieg schon so gut wie in der Tasche hat.

Auch Karin ist ganz schön in Fahrt. Immer wieder fällt sie Herrn Peterson, dem mittlerweile schon langsam der Geduldsfaden reißt, ins Wort.
»Sagen Sie mal, welche Zeitungen lesen Sie eigentlich, Frau Schwarzer?« versucht er sie zu provozieren. »Selbst das Goldene Blatt, dessen Abonnent Sie sicherlich sind, schreibt ab und zu über das magische Quadrat Energiemangel, Preisstabilität, Wachstum, Beschäftigungsniveau und Zahlungsbilanz.«
Karin läßt all diese Worte mit einem flehend gen Himmel gerichteten Blick über sich ergehen.
»Wenn Sie es genau wissen wollen, Herr Peterson: Ich lese überhaupt keine Zeitungen, und das seit zehn Jahren, denn ich lass' mir meinen Kopf nicht mit Dreck vollpumpen!«
Sie ist jetzt so in Rage, daß sie diesem Fuzzi am liebsten an die Gurgel springen würde.
Aber Peterson ist auch nicht von Pappe. Er sieht seine Felle schon davonschwimmen und geht deshalb zum Frontalangriff über.
»Frau Weiß, das ist doch die pure Ignoranz!« donnert er los. »Wie können Sie an den Fakten vorbeileben?«

Karin holt tief Luft. Sie hat schon langsam das Gefühl zu ersticken.

»Hören Sie mir doch auf mit Ihren Fakten. Was ein Fakt ist, ist, daß ich meine Tankstelle demnächst schließe. Ich mache diese Preistreiberei nicht mehr länger mit«, behauptet sie bestimmt, »die können sich von mir aus ihr Öl in die Haare schmieren. Jawoll!«

Sie ist offensichtlich mit dieser letzten Bemerkung sehr zufrieden, denn sie lehnt sich zurück und schaut befriedigt und beifallheischend in die Runde.

Die anderen Teilnehmer der Konferenz haben sowieso seit einiger Zeit das Gefühl, eher einem Boxkampf beizuwohnen, und verfolgen interessiert den Schlagabtausch, gespannt, wie es weitergeht.

»Wenn ich Sie recht verstehe, Frau Weißer«, wehrt sich Peterson, »wollen Sie auf eine Konsumverweigerung hinaus. Ja, wie stellen Sie sich das denn vor?« Er kann kaum mehr glauben, was dieses impertinente Weib da vorbringt. »Sollen die Leute vielleicht in Zukunft wieder in Eselskarren durchs Land ziehen oder was?«

Karin findet an dieser Idee anscheinend gar nicht soviel auszusetzen.

»Genau, Herr Peterson, jetzt haben Sie es erfaßt. Es werden keine Autos mehr gefahren, die Tankstellen sind zu. Die Leute sollen von mir aus mit dem Fahrrad fahren oder sich auf Pferde setzen. Auf jeden Fall mache ich diese Erpressungsversuche von diesen Ölmuftis nicht mehr länger mit. Mir reicht es nämlich!«

Tosender Applaus. Karins feurige Rede hat auch die anderen entflammt. Peterson windet sich wie ein Aal. Wie soll er bloß gegen diese hirnrissigen Argumente ankommen? Da er immer mehr in die Ecke gedrängt wird, macht er schließlich den entscheidenden Fehler. Er greift Karin persönlich an.

»Fräulein Schwarzer, äh, Weißer. Ich glaube, daß Ihr ganzes Gebaren opportunistisch ist, weil Sie eben nicht wie Ihre klügeren Kollegen dazu bereit waren, in unseren Multi-Oil-Konzern als Investorin einzutreten. Fräulein Weiß wußte natürlich in ihrer weisen Voraussicht, die wir ja alle ausreichend von ihr kennen, wieder alles besser und hat diesen lebensrettenden Schritt damals nicht unternommen. Und jetzt steckt sie selbstverständlich in einem Vakuum, in dem sie zappelt wie ein gefangener Fisch im Netz. Fräulein Schwarzer, ich versteh' ja Ihre Probleme, die in Wirklichkeit noch viel tiefer liegen. Bei Ihnen fehlt einfach ein Mann im Haus. Vielleicht inserieren wir demnächst mal für Sie.«

Karins Blut gerät verdächtig in Wallung. Sie merkt, wie sich langsam ein roter Schleier über ihre Augen schiebt. Mit vor Wut entstelltem Gesicht drückt sie ihre Zigarette hastig aus. Was bildet sich dieser Mensch eigentlich ein!

»Auf Sie hab' ich gewartet!« zischt sie hervor.

Peterson, der schon glaubt, gewonnen zu haben, merkt nichts von der Gefahr, in der er zu schweben beginnt, und stichelt weiter.

»Alles, was Sie hier vorbringen, resultiert doch nur aus Ihrem ureigensten Problem.«

Karin muß sich bereits an der Tischkante festhalten, um nicht auf ihn loszugehen. Aber sie schafft es gerade noch mal, ihre überschäumenden Emotionen unter Kontrolle zu bringen. Sie schüttet ein Glas Champagner hinunter und schweigt grimmig-still.

Auch Wolfgang hat so seine Probleme. Jetzt, wo der erste Rummel vorbei ist, drückt ihn das Gewissen. Vielleicht hätte er doch nicht so hart sein sollen. Was, wenn Karin diesmal wirklich sauer ist. Wie ein Häufchen Elend sitzt er mit seinem Freund Mischa an der Bar des Vereinslo-

kals. In seiner roten Ledermontur, die er inzwischen angezogen hat, sieht er eigentlich gar nicht so aus, als könnte ihn so leicht etwas umhauen.
Mischa ahnt bereits, was dem Freund wieder mal zu schaffen macht. Er hört förmlich, wie es in Wolfgang grummelt. Er beobachtet ihn schmunzelnd und wartet geduldig, bis dieser sich endlich bequemt, etwas zu sagen. Sein Gesichtsausdruck straft ihn Lügen, als er endlich zu sprechen beginnt.
»Weißt was? Mir können sie jetzt bald alle gestohlen bleiben, diese Weiber. Und die Karin als erste!« Er macht ein möglichst resolutes Gesicht und versucht Mischa zu überzeugen, indem er seinen Supercool-Blick einlegt.
»Stell dir vor, die behauptet doch einfach, ich würde sie laufend betrügen. So eine Unverschämtheit, und außerdem, selbst wenn es so wäre, das geht sie doch gar nichts an, die blöde Ente!«
Mischa hätte beinahe lauthals zu lachen begonnen, so absurd findet er die Szene, die Wolfgang ihm vorzuspielen versucht. »Jetzt hat's ihn erwischt«, denkt er bei sich und reibt sich nachdenklich das Kinn.
Wolfgang redet sich immer mehr in Rage. »Spioniert mir dieses miese Weib hinterher! Das mußt du dir mal vorstellen. Mir! Wo ich sieben Tage in der Woche in ihrer Dreckstankstelle drinsteh' und sieben Tage in der Woche dreckig bin!«
Mischa hätte vor Rührung am liebsten zu weinen begonnen. Die ganze Welt ist sooo schlecht zu dem armen, armen Kerl. Er hat wirklich Mühe, die Fassung zu bewahren. Wolfgangs Sorgen möchte er mal haben. Weinende Mädchen findet er ja schon zum Abgewöhnen, aber ein heulender Macho, das ist einfach zuviel. Er schaut sich vorsichtig um, ob auch ja niemand etwas von dem Gespräch, das ihm zunehmend peinlicher wird, mitbe-

kommt. Da die Luft rein ist, hört er sich das Geseiere seines Freundes noch eine Weile an.
»Alles gehört ihr. Ihr Auto! Ihr Geld! Ihre Tankstelle! Lang dauert es nicht mehr, dann kann sie mir den Buckel herunterrutschen. Wenn sie eine Frau wäre, dann würde sie mir so ein kleines Vergnügen ab und zu gönnen. Net vielleicht?« wendet er sich fragend an den Freund, den dieses Thema zu Tode langweilt. Vor allem, weil er sich diese Art von Monologen mindestens zweimal im Jahr anhören muß. Aber was tut man nicht alles für seine Freunde! Allerdings wäre es ihm lieb, wenn Wolfgang nicht ausgerechnet an einem Tag wie heute von ihm erwarten würde, für ihn die Psychokrankenschwester zu spielen.
»Ach komm, das langweilt doch wirklich! Alle paar Wochen ist es genau dasselbe. Das wird auch nie anders! Solange du von ihr abhängig bist, kann sich da nichts ändern. Kapier das doch endlich einmal! Ich bin es allmählich leid, mir immer wieder dieselbe Kacke anzuhören.«
Betont männlich sagt er das und vergißt auch nicht, Schlangenaugen nach Westernart zu machen. Der ganze Mann strahlt Todesverachtung aus. Vor allem, weil auch gerade einige Damen das Lokal betreten.
»Mach dich doch endlich einmal los von ihr«, tönt er lautstark.
Die Mädchen drücken sich kichernd in eine Ecke und werfen ihm heiße Blicke zu, die Mischa befriedigt registriert. In seiner schwarzen, nietenbesetzten Lederkluft sieht er wirklich umwerfend aus.
Dieses eitle Gehabe treibt Wolfgang vollends auf die Palme. »Weißt was?« faucht er. »Du hast doch gar keine Ahnung. Du bist doch sowieso schwul.«
Mischa reagiert nur mit einem geschmerzten Lächeln.
»Das mußt ausgerechnet du sagen. Wer von uns zwei trägt

denn einen roten Schlafanzug?« Dabei deutet er vielsagen auf Wolfgangs Rennkleidung.
Der wird vor Zorn jetzt auch noch tatsächlich rot. »Und wer hat die Weiber?« fragt er gereizt.
Aber Mischa ist der Situation gewachsen. »Und wer hat die Probleme?« antwortet er cool und schenkt den Mädels sein schönstes Lächeln. Eins zu null für Mischa.
Wolfgang hat das Gefühl, daß auch Freundestreue nicht mehr das ist, was sie mal war.

Im Konferenzzimmer ist die Debatte zwischen Karin und Peterson inzwischen am Siedepunkt angelangt.
»Um noch mal darauf zurückzukommen, möchte ich darauf hinweisen, daß alles, was Sie hier vorbringen, nur auf Ihren ureigensten Frust zurückzuführen ist, Fräulein Weiß!« brüllt Peterson erregt und deutet mit dem Finger auf sie, als wollte er sie aufspießen. »Ich habe letzte Woche mit dem Herrn Vikar gesprochen, der übrigens auch ein Mitglied unserer Multi-Oil-Gesellschaft ist, und selbst dieser hat mir bestätigt, daß Sie das einzige Schäfchen in seiner Gemeinde sind, das in jeder Beziehung auf dem trockenen sitzt, weil Sie damals nämlich nicht in unsere Gesellschaft eingetreten sind.«
Er räuspert sich und wird sofort von Karin gestoppt.
»Darauf lege ich auch gar keinen Wert, auf so eine blöde Mitgliedschaft!« brüllt sie zurück.
Aber Peterson läßt sich den Wind nicht so leicht aus den Segeln nehmen. »Sie hätten eben nicht diesen voll durchhormonisierten Naturburschen zu Ihrem Tankstellenwärter machen sollen, dann wären Sie jetzt schon längst verheiratet und bräuchten nicht hier diese Diskussion mit Ihren völlig verblödeten Einwänden aufzuhalten!«
Er würde sie wirklich am liebsten ungespitzt in den Boden rammen. Wenn er dieses aufsässige Ding jetzt nicht

bald zum Schweigen bringt, geht ihm noch das ganze Geschäft mit diesen dummen Bauern durch die Lappen.
Karin geht hoch wie eine Rakete. »Sieieie! Wenn Sie jetzt nicht bald Ihren Rand halten, passiert was«, droht sie mit zusammengekniffenen Augen und hektischen roten Flecken im Gesicht.
Die Spannung im Publikum wächst von Minute zu Minute. Gleich muß es passieren.
»Wenn Sie denken, Sie könnten von den Problemen der Tagesordnung hier ablenken mit irgendwelchem hochgestochenen Mist, haben Sie sich gewaltig geirrt!« schimpft Karin weiter.
Peterson ringt nach Luft.
»Sie glauben wohl, daß Sie mich ebenso abfertigen können wie Ihren benzinzapfenden Preisbullen, da sind Sie schief gewickelt. Eine Dame Ihres Kalibers ist dazu nicht in der Lage.«
Er zieht ein Taschentuch aus dem Jackett und trocknet sich die Schweißtropfen von der Stirn. Dieses Luder ist schuld, wenn ich gleich einen Herzanfall kriege, denkt er völlig verzweifelt.
Den letzten Satz hätte er vermutlich nicht sagen dürfen. Karin haut auf den Tisch und springt auf.
»Ich pfeif' auf die Dame!« schreit sie völlig außer Rand und Band. Ihr Puls hämmert wie verrückt. Sie weiß genau, wenn sie jetzt nicht gleich irgend etwas tut, flippt sie aus. Mit blutunterlaufenen Augen starrt sie auf Peterson, der ebenso schnauft. Die Luft ist hochgradig elektrisch aufgeladen. Man hört es fast knistern. Peterson ringt nach Worten. Da ihm in seiner Not nichts Besseres einfällt, bezeichnet er sie als »Gurkengustel«.
Das bringt das Faß zum Überlaufen.
»Jetzt reicht's aber!« kreischt Karin mit einer Stimme, die sich fast überschlägt. Ohne daß sie so recht weiß, wie es

geschieht, schleudert sie ihr Glas nach Peterson, der es durch eine blitzschnelle Reaktion gerade noch schafft, dem Wurfgeschoß zu entgehen, bevor es klirrend am Podium zerschellt. Peterson kann von Glück sagen, daß ihr nichts anderes in die Hände geraten ist, etwa ein Messer, ein Amboß oder etwas Ähnliches. In jedem Fall war Karin in diesem Moment nicht zurechnungsfähig. Doch diese erste Attacke scheint ihr noch nicht zu genügen. Wie ein wild gewordener Stier stürzt sie auf den verdutzten Peterson zu, der sich gerade wieder vorsichtig aus seiner Deckung hervorwagt. Er kann sich ihrer kaum erwehren, als sie wild mit den Fäusten auf ihn eintrommelt.
»So eine Unverschämtheit!« schreit sie unbeherrscht. »Was bilden Sie sich eigentlich ein, Sie halbe Portion! Sie glauben wohl, Sie können hier alle für dumm verkaufen mit Ihren falschen Aktien und Ihrem Pseudokonzern!«
Auch die anderen Kongreßteilnehmer scharen sich mittlerweile bedrohlich um Peterson. So sieht er als einzigen Ausweg aus dem Dilemma die Ohnmacht. Auch wenn er dieses weibische Mittel als seiner unwürdig betrachtet, fällt ihm momentan nichts Besseres ein, und so läßt er sich mit einem leichten Aufstöhnen zu Boden sinken.

All das geschieht, während sich am Rennplatz die Wagen startklar machen. Die Crashcars sehen wirklich wild aus. Man wundert sich, daß diese verbeulten Kisten überhaupt noch fahrtüchtig sind. Wie wilde Ungeheuer aus einer anderen Welt sehen sie aus. Jeder einzelne der Fahrer hat seinen ganzen Stolz darangesetzt, seinem Gefährt ein möglichst grimmiges Aussehen zu verleihen.
Die Fans jubeln, als sich die Wagen in Startposition begeben. In den Kabinen herrscht äußerste Konzentration. Die Gegner mustern sich abschätzend mit unbeweglichen Gesichtern. Wer wird den Sieg erringen?

Hinter den Absperrampen drängen sich die Zuschauer. Das Rennen soll in einer alten, stillgelegten Kiesgrube ausgetragen werden, die Kurven sind eng und gefährlich. Nur die Besten werden die zehn Runden überstehen. Wird es Verletzte geben? Vielleicht sogar Tote?
Die Spannung vor dem Start steigert sich ins schier Unerträgliche. Die Mädchen klammern sich wohlig erregt an ihre Begleiter.
Da – endlich der Startschuß. Mit unbeschreiblichem Getöse brausen die Wagen davon und gehen in die erste Runde. Die Gegner bedrängen sich, ohne Zeit zu verlieren, aufs schärfste. Bereits bei der ersten Kurve fliegen zwei der Wagen an den Rand. Für sie ist das Rennen vorbei! Enttäuscht klettern die Fahrer aus den Resten der Wagen und begeben sich hinter die rettende Absperrung.
Die Menge verfolgt atemlos den weiteren Verlauf des Rennens. Wie wild gewordene Rhinozerosse rammen sich die Wagen gegenseitig und versuchen sich aus der Bahn zu werfen. Der reinste Gladiatorenzirkus!
Wolfgang führt das Feld an, doch er wird hart bedrängt von Mischa in seiner schwarzen Kiste und noch zwei weiteren Wagen. Er ist sich absolut sicher, daß heute sein Tag ist. Er wird siegen!

Eben in diesem Moment verläßt Karin das Schlachtfeld. Sie ist in absoluter Mörderlaune. Kaum, daß sie wieder an der frischen Luft ist, fällt ihr auch Wolfgang wieder ein. Schon allein die Vorstellung, daß der jetzt seelenruhig sein Rennen fährt, während sie sich von so einem dahergelaufenen Ölfuzzi beleidigen lassen muß, pumpt einen erneuten Adrenalinstoß in ihre Adern. Ihre Zerstörungswut kennt keine Grenzen. Als sie den schicken Caddy, in dem der Chauffeur anscheinend gerade ein Nickerchen

macht, erblickt, hat sie eine Vision. Jawoll! Genauso würde sie es machen! Geschwind wie ein Wiesel läuft sie zu der Luxuskarosse und klopft hektisch an die Scheibe. Der Chauffeur erschrickt, als er so plötzlich aus seinen Träumen gerissen wird, und noch mehr, als er Karin erblickt, die ihm durch die geschlossene Scheibe Zeichen macht, schnell zu öffnen. Sein Instinkt sagt ihm zwar, daß er das lieber lassen sollte, aber schließlich nimmt er sich doch ein Herz.
Was sie ihm gleich darauf verkündet, versetzt ihn vollends in Panik.
»Schnell, schnell, steig aus«, fordert sie ihn aufgeregt auf. »Dein Boß hat eine Herzattacke. Er muß schnellstens zum Arzt!«
Das wirkt Wunder. Sie hätte eine solche Geschwindigkeit bei dem Fettkloß gar nicht für möglich gehalten. Behende wie eine Gazelle springt dieser aus dem Wagen und saust Richtung Hoteleingang.
Kaum hat er den Wagen verlassen, als Karin auch schon in den Caddy springt, die Absperrknöpfe hinunterdrückt und mit aufheulendem Motor nach hinten ausschert.
Der verzweifelte Chauffeur wendet blitzartig, hechtet auf den Wagen und versucht, sich an der Tür festzuklammern. Erfolglos. Schon nach wenigen Metern hat sie ihn abgehängt. Tränen der Wut schießen ihm in die Augen, als er hilflos mit ansehen muß, wie Karin mit seinem heißgeliebten Cadillac davonbraust. Mit einer letzten, ohnmächtigen Geste schmeißt er seine Chauffeursmütze hinter ihr her.

So, als hätte ein Dämon von ihrer armen Seele Besitz ergriffen, jagt Karin über die Landstraße. Es ist der reinste Amoklauf. Sie möchte nur noch alles in Schutt und Asche legen. Daß sie sich dabei vielleicht ihr eigenes Grab schaufelt, kommt ihr gar nicht in den Sinn. Allen will sie es zeigen. Ganz voran Wolfgang!

Dieser kämpft inzwischen verbissen um den Sieg. In einem harten Kopf-an-Kopf-Rennen versucht er, einen Gegner nach dem anderen aus dem Feld zu schlagen. Nur Mischa hält ihm bis jetzt stand und ist ein ernst zu nehmender Gegner. Doch auch er verliert langsam an Boden. Wolfgang nimmt einen roten Wagen, der dicht vor ihm fährt, aufs Korn und drängt ihn aus der Bahn. Der Wagen gerät außer Kontrolle und überschlägt sich, begleitet von tosendem Applaus der Menge, dreimal, bevor er zu einem Haufen Schrott verwandelt am Rand liegenbleibt. Dem Fahrer ist Gott sei Dank nichts passiert, denn er schält sich schon einige Minuten später unversehrt, nur mit ein paar blauen Flecken, aus dem Wrack.
Wolfgang bricht in lautes Triumphgebrüll aus. Der wäre erledigt! Er weiß, daß in diesem Moment tausend Augen auf ihn gerichtet sind. Das gibt ihm ein gutes Gefühl. Doch schon einige Sekunden später ist seine gute Laune wie weggepustet. Wie ein schwarzer Blitz kommt ein schwarzer Cadillac auf die Piste gefegt und fährt ihm mit solcher Wucht in die Flanken, daß es den Wagen wie einen Federball aus dem Feld fegt. Wolfgang weiß gar nicht, wie ihm geschieht. Aber er hat jetzt keine Zeit zum Überlegen. Blitzschnell befreit er sich aus dem Auto, das aussieht wie eine Ziehharmonika. Kaum ist er draußen, geht sein heißgeliebter Wagen auch schon in Flammen auf. Er könnte heulen vor Wut. So dicht vor dem Sieg und dann so was! Seine Augen sind nur noch Schlitze, als er den Caddy zornbebend verfolgt. Er kann sich nicht helfen, doch irgendwie kommt ihm der Wagen bekannt vor.
Auch der Sprecher, der das Rennen kommentiert, ist auf den Eindringling aufmerksam geworden.

»Meine Damen und Herren, soeben hat sich ein unbekannter Wagen ohne Startzeichen ins Rennen gemischt. So was ist in zwanzig Jahren Stockcarpraxis noch nicht passiert. Unseren Favoriten hat er bereits aus der Bahn gedrängt! Gnadenlos schiebt sich der schwarze Wagen vorwärts und drückt die anderen Rennteilnehmer an den Rand! Meine Damen und Herren! Sehe ich richtig? Jawoll! Ich glaube, am Steuer sitzt eine Frau! Unglaublich! Jawoll! Eine rothaarige Dame ohne Helm! Sie muß verrückt sein!«
Bei diesen Worten gefriert Wolfgang, der inzwischen am Rand hockt, das Blut in den Adern. Und jetzt sieht er es selbst. Kein Zweifel! Es ist Karin! Seine Karin! Er kann es nicht fassen. Daß sie ihm so etwas antun kann. Das ist das Ende! In diesem Moment überschlägt sich der Caddy dreimal und bleibt auf dem Dach liegen. Wolfgang ist wie gelähmt und beobachtet, wie Karin mit den Beinen zuerst aus dem Wrack klettert. Sie wischt sich den Staub von den Kleidern und läuft dann rasch den Hang hoch. Die anderen Wagen hätten sie sonst gnadenlos überfahren.
Der erste Siegestaumel verschafft ihr ein angenehmes Gefühl der Befriedigung. Dem hat sie's gegeben.

Auch Mischa ist inzwischen aus dem Rennen. Er setzt sich zu Wolfgang, der fast den Tränen nahe ist. Das Publikum findet die dramatischen Abläufe natürlich toll und ist hellauf begeistert. So ein Rennen hat es noch nie gegeben.
Karin freut sich wie verrückt und ist stolz auf ihre »Heldentat«, auch wenn ihr der Kopf brummt, denn bei dem Überschlag hat sie sich ganz schön weh getan. Aber das ist jetzt zweitrangig. Hauptsache, sie hat Wolfgang aus dem Feld geschlagen, ihm den Spaß verdorben und ihn blamiert. Anscheinend ist ihr immer noch nicht bewußt, wel-

che Grube sie sich gegraben hat. Doch vielleicht ist ihr das im Moment auch völlig egal. Frauen sind manchmal bodenlos in ihrem Zorn.
Da für sie die Sache jetzt erledigt ist und es ihr völlig schnuppe ist, wie das Rennen noch ausgeht, macht sie sich auf den Weg ins Vereinslokal. Sie braucht jetzt dringend ein Bier. Manch einer der Zuschauer wirft ihr bewundernde Blicke zu, die sie kaum registriert.

Wolfgang und Mischa sitzen lange Zeit schweigend am Rand. Was gibt es in so einem Fall auch groß zu reden? Mischa hat keine Lust, in Wolfgangs Wunden herumzurühren. So steht er ihm schweigend bei.
Wolfgang bringt das Puzzle in seinem Kopf einfach nicht zusammen. Warum wohl hat sie das getan? Er versteht es einfach nicht. Sie muß doch wissen, wie sehr er an seinem Hobby hängt, und außerdem hat er jetzt sein Gesicht verloren – er, der Champion, zur Strecke gebracht von einer Frau! Ausgerechnet auch noch von seiner eigenen. Im Grunde genommen könnte er jetzt gleich auswandern. Zumindest eine Tracht Prügel hätte sie für diese Gemeinheit verdient. Aber das bringt er eben auch nicht übers Herz.

Auch Karins Euphorie ist längst verflogen. Traurig brütet sie vor sich hin und wartet. Wolfgang kann sich das alles doch nicht gefallen lassen. Sie hat zumindest damit gerechnet, daß er sie vor versammelter Mannschaft übers Knie legt. Aber er kommt nicht. Was soll sie denn bloß tun, wenn keine Reaktion von ihm kommt? Hingehen und ihn um Verzeihung bitten? Unmöglich! Sie will ihn herausfordern. Aber was tun, wenn er nicht mitspielt? Dann schaut sie sauber aus der Wäsche. Ihrer Meinung nach würde jeder normale Typ sie nach so einer Sache

übers Knie legen, falls er sie liebt. Aber anscheinend liebt Wolfgang sie nicht.
Sie wird zunehmend deprimierter. Soll er doch zum Teufel gehen! Sie gibt auf keinen Fall klein bei. Das wäre ja noch schöner.
Während sie so überlegt, kreuzt sich ihr Blick mit dem von Christl. Diese hat offensichtlich ein schlechtes Gewissen, denn eine leichte Röte huscht über ihr Gesicht. Die beiden Mädchen mustern sich eingehend aus der Ferne. Da endlich gibt Christl sich einen Ruck, erhebt sich vom Tisch und geht langsam auf Karin zu. Ihr hat es gefallen, wie Karin die Jungs aus dem Rennen gedrückt hat. So eine Freundin hat sie sich schon immer gewünscht.
Karin mustert sie von oben bis unten.
»Na, du hast mir wohl was zu sagen, Christl«, begrüßt sie das verschüchterte Mädchen.
»Ja, schon!« hebt diese an. »Aber erst einmal wollte ich dir zu deinem Sieg gratulieren. Ehrlich! Das war ganz toll, wie du die alle kaltgestellt hast, wirklich riesig, und außerdem wollte ich mich noch bei dir entschuldigen.«
Karin verdreht genervt die Augen, doch Christl redet unbekümmert weiter.
»Weißt du, das mit dem Wolfgang, das tut mir echt leid. Das war so eine Art Unfall von mir, und außerdem, so toll war es eh nicht.«
Karin winkt ab. »Ach komm, hör auf! Vergiß es! Der Typ ist es nicht wert, daß man auch nur einen Gedanken an ihn verschwendet.« Sie kaut nervös an ihren Nägeln herum, denn so egal ist es ihr anscheinend doch nicht.
Christl versucht, sie zu trösten. »Ich glaub', daß dich der Wolfgang gerne mag. Weißt, ein paarmal hat er zu mir dabei Karin gesagt. Na ja!« Sie kichert albern, während sie das sagt, und wird gleich wieder rot, was sie Karin nur noch sympathischer macht.

»So ein Schuft!« entrüstet sie sich. »Noch nicht mal das kann er richtig machen, dieser Mistkrüppel! Weißt du, was er zu mir gesagt hat?«
Christl schaut sie gespannt an und verneint die Frage.
»Was willst du denn überhaupt. Was Besseres wie mich kriegst du doch sowieso nicht!« äfft Karin Wolfgang nach und sieht dabei so komisch aus, daß Christl lachen muß.
»Aber dem zeig' ich's!« fährt Karin, die bei dem Gedanken an diesen Spruch schon wieder wütend wird, fort. »Weißt du, was ich jetzt mache? Ich fahr' jetzt nach London und dort reiß' ich mir einen Ölscheich auf und dem geh' ich dann so auf die Nerven, daß er mir eine Ölquelle schenkt, bloß damit er mich wieder los wird.«
Wie um sich selber was zu beweisen, haut sie mit der Faust auf den Bartresen, daß die Gläser klirren. »Jawoll!«
Die Idee ist ihr zwar eben erst gekommen, aber jetzt, wo sie sie ausgesprochen hat, ist der Entschluß auch schon endgültig gefaßt. Außerdem könnte sie jetzt sowieso nicht mehr zurück, denn was soll denn sonst Christl von ihr denken.
Offensichtlich ist sie vor lauter Kummer größenwahnsinnig geworden. Christl traut ihren Ohren nicht. Schön langsam beginnt sie, Wolfgang zu verstehen. Ist ja wohl klar, daß er so auf die Karin steht, wenn die so ausgeflippt ist. Sie imponiert ihr mächtig, und das tut sie auch lautstark kund. Das ist genau der Beistand, den Karin momentan braucht. Sie findet, daß Christl ziemlich appetitlich aussieht. Eigentlich genau der· richtige Köder, den man zum Araberfang braucht. Blond, jung und gut gebaut.
»Sag mal, hättest du nicht Lust mitzufahren? Ich glaube, wir beide wären ein ziemlich gutes Gespann.«
Christl ist begeistert. »Ui ja! Toll! Das wäre einfach super!« jauchzt sie. Aber der erste Freudentaumel ebbt

schnell wieder ab. »Ich möchte natürlich schon gerne«, gibt sie unumwunden zu. »Aber ich hab' leider für so eine Reise gar kein Geld.« Sie macht eine bedauernde Geste, die soviel sagen soll wie »schade«.
Doch das ist kein Hindernis für Karin. »Mach dir mal wegen dem Geld keine Sorgen«, antwortet sie unbekümmert. »Ich lade dich einfach ein. Ich hab' jetzt so lange für Rio gespart. Das Geld pack' ich jetzt einfach an, und wenn wir aus London zurückkommen, sind wir zwei sowieso reich. Oder vielleicht kommen wir auch gar nicht mehr zurück! Wer weiß? Mich hält hier nichts mehr, und die Tankstelle kann ich später verkaufen.«
Christl flippt fast aus vor lauter Begeisterung. Wenn sie sich vorstellt, daß sie nach London kommt, wo sie doch bis jetzt noch nie weiter wie bis Passau gereist war, bekommt sie vor Aufregung feuchte Hände.
»Mei, du, ich freu' mich ja schon so!« jauchzt sie mit glänzenden Augen und boxt Karin vor Freude in den Arm, und auch diese ist begeistert von ihrem soeben kreierten Racheplan Nummer zwei.

Wolfgang und Mischa sitzen immer noch an derselben Stelle und betrachten wehleidig ihre kaputten Autos. Endlich findet Wolfgang die Sprache wieder.
»Nächste Woche wäre ich sieben Jahre mit der Karin beieinander gewesen«, stellt er traurig fest. »Und in der ganzen Zeit hab' ich sie, sagen wir mal, nur dreizehnmal betrogen.«
Mischa räuspert sich. »Fünfzehnmal«, verbessert er den Freund.
Der will sich aber nur an dreizehnmal erinnern, zwei Damen hat er anscheinend einfach vergessen.
»So einen Typen wie mich findet sie doch sowieso nicht mehr!« behauptet er frech.

»Das kann man ihr nur wünschen«, bemerkt Mischa auf seine coole Art.
»Du bist mir ein schöner Freund«, ist das einzige, was Wolfgang dazu noch einfällt. Auf jeden Fall, das eine ist sicher: Er wird die nächsten Tage nicht nach Hause gehen! Soll Karin doch mal sehen, wie sie ohne ihn auskommt. Vielleicht weiß sie ihn dann besser zu schätzen und behandelt ihn nicht mehr wie einen Leibeigenen.
»Komm, gehn wir«, fordert er Mischa auf.
»Wohin?« fragt dieser erstaunt.
Wolfgang haut ihm aufmunternd auf die Schultern. »Na, zu dir natürlich«, meint er lachend. »Glaubst, ich geh' heim? Ich bleib' ein paar Tage bei dir.«
»Aha!« ist das einzige, was Mischa dazu zu sagen hat.

ZWEITES KAPITEL

Ein Unglück kommt selten alleine

Einige Tage später trifft in Londons Victoria Station ein seltsames Paar ein.
Karin sieht aus, als würden sich Denver und Dallas zum Five o'clock tea treffen. Sie trägt ein elegantes weißes Seidenkostüm mit breitrandigem Hut und eine imitierte Pelzstola und sieht auf den ersten Blick aus wie Alexis Colby. Begleitet wird sie von der auf Internatstochter getrimmten Christl, die neugierig die neue Umgebung betrachtet. Die zwei erregen beträchtliches Aufsehen, denn ihre Kostümierung ist wirklich filmreif.
Dabei wollte Karin im Grunde gar nicht fahren. Aber nachdem Wolfgang tagelang nicht zu Hause erschienen war und Christl jeden Tag gefragt hatte, wann die große Reise denn endlich losginge, war ihr nichts anderes übriggeblieben. Dabei hatte sie sich schon so darauf gefreut, ihm das gesamte Geschirr an den Kopf zu schmeißen. Sie hatte tagelang geweint und schließlich das Geld von der Bank geholt, die Tankstelle geschlossen und war mit Christl erst mal nach München gefahren, um sich einzukleiden. Schließlich ist London eine Weltstadt, da ist das Beste gerade gut genug. Zwar waren die neuen Kleider aus der Boutique Sweetheart nicht gerade billig gewesen, doch schließlich mußte in das Unternehmen etwas investiert werden, wenn es von Erfolg gekrönt sein sollte.

Karin versucht so stark auf vornehm zu machen, daß sie beinahe lächerlich wirkt. Christl könnte, wenn man von ihrem Busen absieht, leicht als fünfzehn durchgehen.
An einem Stand für Ansichtskarten machen die beiden halt. Karin freut sich riesig, als sie eine Karte mit einer

Bauchtänzerin entdeckt. Sie kauft sie und schreibt darauf eine Nachricht für Wolfgang. »Lieber Wolfgang! Bin hier im schönen Orient und habe mir schon einen Ölscheich aufgerissen. Bussi Karin.«
Christl versteht nur Bahnhof, als Karin ihr die Karte vorliest.
»Was soll denn das? Das ist doch gar nicht wahr«, fragt sie verdutzt.
Karin lacht. »Ja, meine Liebe, jetzt noch nicht. Aber wart's nur ab. Hier in London wimmelt es nur so von Scheichs, und es wird nicht lange dauern, bis wir einen eingefangen haben. Du wirst schon sehen. Wir müssen nur dahin gehen, wo die Ölscheichs sich aufhalten. Die hocken doch eh immer alle im gleichen Hotel. Das kann doch nicht so schwer herauszukriegen sein. Dort nehmen wir uns dann auch ein Zimmer, und dann kann es nicht mehr lange dauern.«
Christl hat da so ihre Zweifel. Aber die behält sie lieber für sich.
Karin liest die Karte noch einmal kurz durch, dann steckt sie sie in einen roten Briefkasten. Der Wolfgang soll sich nur gehörig ärgern, denkt sie gehässig. Wenn er denkt, sie sei auf ihn angewiesen, dann hat er sich gebrannt.

Da die beiden sich in der Stadt nicht auskennen, nehmen sie sich erst einmal ein Taxi und begeben sich auf eine Stadtrundfahrt in die City.
London hat einen eigenartigen Zauber, der die beiden sofort gefangennimmt. Alles ist so groß und weltstädtisch. Sie sind begeistert. Vor dem Buckingham Palace ist gerade Wachablösung, das wollen sie sich nicht entgehen lassen. Karin zahlt das Taxi. Gott sei Dank hat sie in München schon Geld gewechselt. Sie mischen sich geschwind unter die Menge, die andächtig das farbenprächtige Spek-

takel verfolgt. Es ist wirklich ein beeindruckendes Schauspiel. Wirklich mächtig, wie sich die Garde präsentiert. Am besten gefallen den beiden die schönen Uniformen und die Musik, nach der sich die Garde bewegt.
Karin überlegt, ob wohl die Königin hinter dem Fenster steht und heimlich zusieht. Sie würde sich so ein Spektakel bestimmt nicht entgehen lassen. Wieder einmal findet sie es schade, daß Bayern kein Königreich mehr ist. Es wäre doch zu schön, wenn es in München auch so was gäbe. Wehmütig denkt sie an Ludwig II., den Märchenkönig, den sie über alles liebt. Aber auch die englische Königsfamilie findet sie lustig. Vor allem diese wilde Prinzessin Margaret. Die ist so ganz nach ihrem Herzen. Wenn sie Prinzessin wäre, würde sie sich bestimmt auch so aufführen.
Gerade bei dieser Überlegung fallen ihr die Scheichs wieder ein. Schließlich ist sie ja nicht zum Vergnügen hier, und Zeit ist Geld. Also schiebt sie die protestierende Christl durch die Menge.
»Komm, wir müssen uns jetzt nach dem richtigen Hotel umsehen«, kommandiert sie, keinen Widerspruch duldend.
Christl zieht ein Gesicht wie sieben Tage Regenwetter. Sie wollte zu gerne noch ein bißchen zusehen. Außerdem hatte sie gerade einen kleinen Flirt mit einem jungen, giftgrün eingefärbten Punk neben sich angefangen. Sie hat nicht vor, sich von Karin den ganzen Spaß verderben zu lassen. Wer weiß, wann sie wieder mal nach London kommt. Sie möchte am liebsten alles gleich auf einmal erleben.
Sie befinden sich jetzt bei einem Seiteneingang zum Palast, und Karin stellt Christl einen Moment bei einem Wachposten ab, um sich nach jemandem umzusehen, den sie nach dem Weg fragen kann. Bald darauf entdeckt sie

auch prompt einen Bobby. Wie sich zum Glück herausstellt, spricht dieser ein wenig Deutsch. Das ist sehr von Vorteil, denn Karins Englisch ist nicht gerade perfekt.
»Entschuldigen Sie bitte«, hebt sie an und klimpert dabei mit den Augen, als habe sie Prinz Charles persönlich vor sich. Der Bobby widmet ihr denn auch sofort seine ganze Aufmerksamkeit. Doch er hat Schwierigkeiten zu verstehen, was sie eigentlich will. Sie faselt irgendwas von Hotel und Arabern, und er kommt immer mehr zu der Überzeugung, eine Verrückte vor sich zu haben. Da sie elegant gekleidet ist, beschließt er, sie ins Dorchester-Hotel zu schicken. Sollten doch die sehen, wie sie mit dieser eigenartigen Dame fertig werden. Karin bedankt sich überschwenglich und macht sich davon. Sie kommt gerade noch rechtzeitig, denn Christl ist soeben dabei, ihre Bluse aufzuknöpfen und dem armen Wachsoldaten ihren knackigen Busen vor die Nase zu halten. Dem Armen perlt schon der Schweiß auf der Stirn. Christl hat mal gelesen, daß die Wachposten Ihrer Majestät nicht eine Miene verziehen dürfen, egal, was passiert, und das will sie eben ausprobieren. Es macht ihr einen Riesenspaß, den Mann zu reizen.
Vielleicht wären ihr sogar noch wildere Scherze eingefallen, wenn nicht in diesem Moment Karin aufgetaucht wäre, die dem Spuk sofort ein Ende setzt.
»Christine!« schreit sie völlig hysterisch. »Hör sofort mit dem Blödsinn auf! Willst du uns ins Gefängnis bringen? Mach sofort deine Bluse wieder zu!«
Christl gehorcht widerwillig. »Du gönnst einem aber auch wirklich überhaupt keinen Spaß«, mault sie gekränkt. »Das war gerade so schön lustig.«
»Papperlapapp«, unterbricht Karin ihre Rede. »Ich weiß jetzt, wo die Scheichs sind, und da gehen wir jetzt hin. Hast mich verstanden?«

Christl zieht zwar einen Flunsch, trottet aber trotzdem brav neben Karin her, die aufs nächste Taxi zusteuert. Während der Fahrt zum Dorchester hält sie Christl eine gehörige Standpauke.
»Sag mal, du bist wohl komplett wahnsinnig, vor diesem Typen da einen halben Striptease zu machen! Wegen solchen Sachen kommen wir noch in Teufels Küche. Du weißt genau, warum wir hier sind! Ich bin eine feine Dame, und du bist meine Tochter, da kannst du dich doch nicht so aufführen!« Sie zupft aufgeregt am Schleier ihres Huts herum.
Aber Christl wehrt sich kräftig. »Ich weiß gar nicht, was du willst. Glaubst du vielleicht, daß der Typ mich interessiert hat? So was wie der bestimmt nicht. Ich wollte nur schnell was ausprobieren.«
Das kann ja heiter werden, wenn Karin mich dauernd bevormundet, denkt sie bei sich. Wenn das noch lange so weitergeht, haue ich einfach ab. Schließlich hat sie selber auch ein paar Mark dabei, und irgendwie wird sie schon durchkommen.
»Verstehst du, wir zwei müssen einen guten Eindruck machen, denn schließlich kommst du ja auch gerade aus dem Internat. Wenn wir hernach zu dem Hotel kommen, hängt alles davon ab, daß wir einen seriösen Eindruck machen. Das wirst du in deinen Schädel doch reinkriegen, oder?«
Christl ist total genervt. »Ja, ja! Ist schon recht. Aber mir sind die Scheichs wurst. Daß das mal klar ist. Ich will einen Popstar und sonst gar nichts.«
Karin hätte sich am liebsten die Haare gerauft, wenn der teure Modellhut sie nicht daran gehindert hätte.
»Du kriegst deinen Popstar schon noch, und jetzt sei ruhig. Zuerst brauchen wir jetzt den Scheich. Alles andere kommt später.«

Beide schweigen und brüten mißmutig vor sich hin.
Da hab' ich mir ja was Schönes eingebrockt, denkt Karin.
Bei der ersten Gelegenheit verschwinde ich, beschließt Christl.
Vielleicht ist die ganze Reise doch eine Schnapsidee gewesen, überlegt Karin weiter. Aber sie hat in den Plan schon zuviel Geld investiert, und außerdem läßt es ihr Stolz nicht zu, umzukehren. Irgend etwas wird sich schon ergeben, und was hat sie schon zu verlieren? Wolfgang hat sie ja sowieso verlassen, und Besseres kommt nach.

Genau wie in einem schlechten Film bereiten just in diesem Moment Herr Peterson und sein Gehilfe den nächsten großen Coup im Hotel Dorchester vor.
Nachdem es den beiden nicht gelungen war, die niederbayerischen Tankstellenbesitzer hereinzulegen, haben sie beschlossen, ihr Glück jetzt in London zu versuchen und diesmal gleich aus dem vollen zu schöpfen und tüchtig abzusahnen. Zu diesem Zweck hat Peterson so eine Art Öl-Oskar, den er »Die goldene Raffinerie« nennt, erfunden. Der Preis soll dem europafreundlichsten saudiarabischen Ölland verliehen werden. Bei der Gelegenheit hofft er auch ein paar günstige Verträge zu ergattern und vielleicht auch eine größere Summe Bargeld in die Finger zu bekommen. Er ist offenbar von einer ähnlichen Naivität wie Karin, und vielleicht ist das der Grund, warum das Schicksal sie noch einmal miteinander konfrontiert und in einen Topf schmeißt. Auf jeden Fall hat weder der eine noch der andere momentan auch nur den leisesten Schimmer davon, was auf ihn zukommt.

Peterson und der kleine Dicke nehmen rasch noch einen Drink, bevor die Konferenz beginnt. So was beruhigt immer die Nerven. Schließlich hängt von den heutigen Ver-

handlungen ihre gesamte Zukunft ab. Peterson hat so viele krumme Geschäfte am Laufen, daß es für ihn höchste Zeit wird, einen längeren Brasilien-Aufenthalt einzuplanen. Er hat schon ganz schön heiße Sohlen und sein Chauffeur nicht minder.
Dem Armen steht sowieso schon der Angstschweiß auf der Stirn, den er sich mit einem sorgfältig gefalteten Taschentuch abwischt.
»Skol«, prostet er seinem Chef zu.
»Skol.« Der nickt nervös und stößt mit seinem Bier an das Whiskyglas, das sein Faktotum ihm hinhält. »Skol.«
Nachdem der Kleine eine Weile mit sich gerungen hat, kann er sich eine Ermahnung diesmal doch nicht verkneifen.
»Peterson«, hebt er an und tänzelt herum wie ein dressierter Pudel, »denken Sie daran, wir dürfen diesmal keine Fehler machen. Reißen Sie sich bitte nur einmal zusammen. Denken Sie an Niederbayern!«
Peterson atmet genervt durch die Nasenlöcher aus. Glaubt dieser Idiot, er ist von gestern oder was? In schulmeisterlichem Ton, mit sehr nasaler Stimme, antwortet Peterson:
»Du spielst wohl auf diese Dorfemanze an. Auf die brauchst du mir gar nicht zu sprechen zu kommen. Die will ich in meinem Leben nicht mehr wiedersehen, diese Geißel Gottes. Aber die kann uns ja hier Gott sei Dank nicht in die Quere kommen.« Er lacht süffisant. »Aber weil wir gerade bei dieser Pest sind: Wer hat dir denn damals den Caddy weggenommen und auf dem Crashcar-Rennen zu Schrott gefahren, so daß wir den geklauten Wagen zurücklassen mußten? He???«
Der so Getadelte wird noch einen Kopf kleiner und zuckt zusammen wie unter Peitschenhieben. Aber Peterson ist heute gnädig.

»Wer wird denn noch von solchen Kleinigkeiten reden«, fährt er fort. Seine Stimme sinkt zum Flüsterton herab. »Wir stehen jetzt vor dem ganz großen Coup. Mensch! Wenn das hinhaut, sind wir steinreich, und dann hauen wir ab. Das einzige, was wir jetzt brauchen, ist KONZENTRATION.« Mit Nachdruck betont er jede einzelne Silbe, als handele es sich um ein magisches Wort. »KONZENTRATION.«
Der Kleine schaut ihn an wie einen Guru.
Peterson ist zufrieden. Damit er sich nicht noch mehr Vorwürfe anhören muß, greift er sich seinen Aktenkoffer und verabschiedet sich.
»Also, paß auf. Ich geh' jetzt mal rein und mache die arabischen Jungs klar, und du paßt auf, daß uns keiner stört.«
Als Peterson außer Hörweite ist, ruft er ihm nach: »Jawoll, Ölfinger!« und steht stramm.
Im letzten Moment, bevor Peterson im Konferenzzimmer verschwindet, fällt ihm noch etwas Entscheidendes ein.
»Halt, Peterson! Peterson!«
Er läuft ihm schnell hinterher. Peterson bleibt irritiert stehen. »Ja, was ist denn?«
»Toi, toi, toi! Viel Glück!«
Der Dicke springt hoch und spuckt ihm dreimal über die Schultern.
Peterson findet das zwar reichlich albern, denn schließlich ist er ja nicht vom Ballett. Aber trotzdem, schaden kann es auf keinen Fall.
Für die nächste Bemerkung hätte er seinem Assistenten am liebsten schon wieder eine Ohrfeige versetzt. Macht sich dieses kecke Kerlchen doch nicht an seiner Krawatte zu schaffen und säuselt:
»Und denk dran. Der Kunde hat immer recht.«
Mit einer unwilligen Bewegung dreht Peterson sich um.
»Ja, ja! Ist schon recht.«

Es ist auch höchste Zeit, daß Peterson erscheint, denn die versammelten Scheichs fangen schon an unruhig zu werden. Der Saal bietet ein orientalisches Bild, und einige der Herren sehen aus, als hätten sie sich extra für Peterson auf Orient getrimmt. Selbstverständlich stehen auch einige Leibwächter herum, die offensichtlich auch noch sehr an der alten Tradition des Säbelkampfes hängen. Ein gutes Dutzend Ölfürsten hat sich um einen großen Konferenztisch versammelt.

Sie alle schauen Peterson mehr oder weniger freundlich an, als er den Saal betritt. Dieser begibt sich geradewegs auf das Rednerpult zu, begrüßt seine Gäste und beginnt ohne Umschweife seine Rede, die er nach orientalischer Sitte mit vielen blumigen Redewendungen ausschmückt. Gedolmetscht wird er von einer rassigen Simultansprecherin, die jedes einzelne Wort sofort ins Arabische übersetzt. Während Petersons Rede verfinstert sich ihre Miene zusehends.

Endlich kommt er zum Zweck seiner langen Ansprache.

»Der Multi-Oil-Konzern hat sich aufgrund der Marktlage dazu entschlossen, die ›Goldene Raffinerie‹, den Grand Prix der Raffineriegesellschaften, für das europafreundlichste arabische Land ins Leben zu rufen. Und ich habe nunmehr das große Vergnügen, diesen Grand Prix, diesen wunderbaren Preis, einem von Ihnen zu überreichen.«

Er hält die Trophäe, die eine Miniraffinerie in Gold darstellt, triumphierend hoch, als wäre sie tatsächlich ein Siegespreis. Er läßt seinen Blick wohlgefällig in die Runde schweifen. Irgendwie entgeht es ihm, daß einige der Herren schon ziemlich finster dreinsehen. Peterson zwirbelt sich genüßlich den Schnurrbart, sein Gesichtsausdruck läßt darauf schließen, daß er einen Riesenapplaus erwartet, und der Kamm schwillt ihm wie einem stolzen Gokkel.

Aber der Applaus läßt auf sich warten. Im Saal herrscht eisiges Schweigen.
Vorsichtig, so als handele es sich bei dem Preis um eine Zeitbombe, stellt er ihn ab. Diese Ruhe im Publikum ist ihm gar nicht geheuer.
»Nun! Ich habe keine Hurra-Rufe erwartet, aber ich finde, einen kleinen Applaus hätten die Bemühungen meiner Firma doch verdient.«
Noch immer kommt keine Reaktion von den immer finsterer dreinblickenden Herren. Nur die Dolmetscherin im Hintergrund redet in hartem, immer lauter werdendem Arabisch auf die Männer ein.
Langsam wird es Peterson mulmig. Da er nicht mehr weiß, wie er die Situation retten soll, flüchtet er sich in Fremdwörter. Ein Trick, der meistens zieht, weil kaum einer zugeben will, daß er sie nicht versteht. Ein Zungenbrecher jagt den anderen.
Die Dolmetscherin hat längst aufgehört zu reden. Sie lauscht Peterson völlig fassungslos. Glaubt denn dieser Kerl, ihre Chefs seien eine Horde Kameltreiber? Seine Argumente hörten sich zumindest so an. Sie könnte platzen vor Wut. Schließlich ist sie selbst Araberin und stolz wie einer dieser bildschönen Hengste.
Peterson redet und redet und redet.
Endlich findet die zornfunkelnde Schönheit ihre Sprache wieder.
»Mister Peterson«, unterbricht sie diesen in seinem Redefluß. »Es gibt leider Worte, die kann man nicht ins Arabische übersetzen«, teilt sie ihm mit dem Gesicht einer Limette mit.
»Für was zahl' ich Sie dann eigentlich, Fräulein Fendi?« entgegnet Peterson gereizt. Er hatte jetzt gerade zum Kernpunkt seiner Rede kommen wollen, und dieses impertinente Weib hatte ihn einfach unterbrochen. Er wirft

ihr einen strafenden Blick zu und fährt unbeirrt fort. Diesmal bringt er auch noch religiöse Aspekte ins Spiel. Anscheinend geht ihm langsam der Stoff aus.
Seine arabischen Gäste verfinstern sofort ihre Mienen. Was ihre Religion angeht, da lassen sie schon zweimal nicht mit sich spaßen.
»Wie ich Ihnen schon sagte, liebe Freunde, könnte auf diese Art eine ganz neue morgenländisch-abendländische Beziehung entstehen.«
Dabei schaut er so harmlos wie möglich, was allerdings bei den Arabern den Eindruck, einen handfesten Gauner vor sich zu haben, eher verstärkt.
»Ich habe die Ehre, den Beginn der Ära des petrokulturellen Dollar ins Leben zu rufen!«
Da die Scheichs wie zu Stein erstarrt dasitzen, wird Peterson noch unsicherer. Er schaut sich hilfesuchend um.
»Ja, was ist denn? Geht es denn hier nicht mehr weiter? Fräulein Fendi, warum übersetzen Sie nicht?«
Langsam nimmt sie ihre Kopfhörer ab und steht auf. Sie beugt sich leicht nach vorn, so, als wollte sie ihn besser sehen, und sagt ganz cool: »Tut mir leid, Peterson. Aber Sie reden Blödsinn. Sie wissen anscheinend nicht mehr, was Sie reden. Man muß Sie vor sich selbst schützen! Was Sie daherfaseln, ist einfach blöd!« Dabei blitzt sie ihn an wie eine Tigerin.
Peterson glaubt, seinen Ohren nicht zu trauen. Er schnappt nach Luft. Die kann doch nicht meine Rede einfach als blöd abtun, entrüstet er sich im geheimen. Das Früchtchen wird er sich auf jeden Fall noch vorknöpfen.
Während Peterson sich so die Grube gräbt, fahren Karin und Christl vor dem Dorchester vor. Sofort kommt ein Bediensteter angerannt, der den Verschlag aufreißt und das Gepäck ins Haus schleppt. Die beiden kommen sich vor wie im Film. Sie steigen die Stufen zum Portal hoch.

Karin ist mit dem, was sie sieht, sehr zufrieden. »Eins, zwei, drei, vier, fünf Rolls-Royce und drei Jaguar«, zählt sie begeistert. Für sie ist das ein sicheres Zeichen, daß sie am richtigen Platz ist. Die Scheichs müssen hier sein.
Mit der Drehtür haben die zwei so ihre Schwierigkeiten. Christl rennt voll dagegen und haut sich den Kopf an. »Aua!« schreit sie. Doch die prunkvolle Innenausstattung der Hotelhalle entschädigt sie sofort. So was hat sie noch nie gesehen. Wertvolle Perserteppiche schmücken den Boden. Sie traut sich kaum, richtig draufzutreten. Marmor und wunderschöne altenglische Antiquitäten geben dem Entrée etwas sehr Ehrfurchtgebietendes. Wie eine Schlafwandlerin läuft sie hinter Karin her, die sich schnurstracks zur Rezeption begibt.
Auch Karin ist schwer beeindruckt, versucht aber, sich das nicht anmerken zu lassen. Hoheitsvoll baut sie sich vor dem Portier auf und läßt ihren Charme spielen. Leider klingt es etwas gespreizt, als sie sich vorstellt.
»Guten Tag! Mein Name ist Karin von Reichenau. Ich möchte Sie bitten, mein Gepäck einen Moment unterzustellen, da wir hier mit jemandem verabredet sind und noch nicht wissen, ob wir über Nacht bleiben oder gleich in das Landhaus unseres Freundes fahren.«
Nervös zupft sie an ihren Handschuhen herum. Dabei hat sie noch nicht mal gelogen, denn sie ist ja tatsächlich von Reichenau.
Der Portier hat dagegen nichts einzuwenden. »Aber bitte sehr, gnädige Frau«, antwortet er höflich. Irgendwie kommt ihm das Gespann schon komisch vor, doch läßt er sich das nicht anmerken. Er hat in den vielen Berufsjahren schon viele eigenartige Leute gesehen, gerade Millionäre sind ja manchmal etwas exzentrisch.
Karin erkundigt sich nach der Bar, und er erklärt ihr freundlich den Weg.

Da die Bar im Untergeschoß liegt, wird Christl neugierig.
»Sag mal, geht's hier in ein Kellerlokal?« will sie wissen.
Da Karin die ewige Fragerei auf die Nerven geht, antwortet sie etwas pampiger als nötig. »Nein, in einen Beatschuppen.«
Christl zieht einen Flunsch. »Na ja. Fragen wird man wohl noch dürfen.«
Sie findet, daß sich Karin schlimmer aufführt als ihre Mutter. Aber sie schluckt ihren Groll hinunter. Immerhin ist sie jetzt in London, wo es all die tollen Popstars gibt, Das ist doch schon mal was. Mit der Karin wird sie schon noch fertig werden.
Als sie die vielen Flaschen in der Bar sieht, ist sie gleich wieder zufrieden. Was die alles haben! Sie ist fest entschlossen, alles auszuprobieren.

Im Konferenzsaal hat sich die Krise inzwischen verschärft. Peterson und Fräulein Fendi nähern sich dem Nahkampf.
»Ich dachte, Sie sprechen 25 arabische Dialekte, Fräulein Fendi! Können Sie mir bitte erklären, warum Sie meinen Vortrag nicht in eine den Herren verständliche Sprache übersetzen? Oder warum antwortet hier keiner?«
Sein Ton ist mehr als gereizt, und genauso antwortet ihm auch die kampflustige Dolmetscherin.
»Das ist eine gute Frage, Herr Peterson. Sie sprechen nur eine Sprache, und die ist blöd!«
Peterson flippt fast aus. »Nur, weil Sie hier mit Ihrem Stamm auf einer Ölblase leben, brauchen Sie sich noch lange nicht hinter so einer unglaublichen Ignoranz zu verschanzen! Und das auch noch weltweit!« Er sieht aus, als habe er gerade in eine besonders saure Zitrone gebissen.
Fräulein Fendi bringt das erst richtig in Fahrt. »Sie wissen ja gar nicht, was Sie da reden, Herr Peterson. Sie haben

doch von diesem Geschäft überhaupt keine Ahnung. Den Blödsinn, den Sie da daherfaseln, kann ich beim besten Willen nicht übersetzen. Das wäre ja fahrlässige Tötung! Glauben Sie, mit den Scheichs kann man spielen? Sie wollen die doch nur für blöd verkaufen. Da mach' ich nicht mehr mit. Tut mir leid, Herr Peterson.«
Er könnte platzen vor Wut. Was bildet sich diese Gans eigentlich ein.
»Ich bitte Sie, Fräulein Safi oder Fendi oder wie Sie heißen. Vor zwei Jahren sind Sie doch wahrscheinlich noch hinter Ihrem Mann durch die Wüste gelaufen! Er ist wahrscheinlich auf dem Kamel geritten, und Sie haben die Mehlsäcke hinter ihm hergeschleppt!«
Dieser Vergleich liegt nun wirklich weit unterhalb der Gürtellinie. Dementsprechend ist auch Fräulein Fendis Reaktion. »Mein Privatleben hat nichts zu tun mit diesem Geschäft, Herr Peterson! Habe ich leider gemerkt, daß Sie sind ein Betrüger!«
Ihre Augen funkeln vor Zorn. Sie sieht hinreißend schön aus, wenn sie so wütend ist.

Der kleine dicke Chauffeur, der die ganze Zeit mit bangem Herzen an der Tür gelauscht hat, zieht sich zurück wie ein geschlagener Hund. Also wieder nichts. Daß dieser Blödmann von Chef sich nicht ein einziges Mal zusammenreißen kann! Es ist zum Haareausreißen. Vielleicht ist es doch schön langsam an der Zeit, daß er sich einen anderen Wirkungskreis sucht...

Karin und Christl sitzen inzwischen an der Bar. Außer ihnen und dem Barkeeper ist niemand im Raum. Christl langweilt sich zu Tode. Sie hat schon zwei Kaluhas intus und starrt Löcher in die Decke. Auch Karins Laune ist nicht gerade auf dem Höchstpunkt.

»Mir gefällt's hier nicht. Ich mag jetzt woanders hingehen«, mault Christl.
Dieser Spruch fehlt Karin gerade noch zu ihrem Glück.
»Ja, sag amal, spinnst du? Du weißt genau, warum wir hier sind. Wir bleiben hier stehen, bis wir einen Scheich kennengelernt haben. Hast mich verstanden? Jetzt reiß dich endlich zusammen, kann ja nicht mehr lang dauern. Daß die Araber hier sind, hast ja vorhin selbst gesehen. Wenn keine da wären, würden bestimmt nicht so viele Rolls draußen stehen.«
Christl will davon nichts hören. »Na und? Wer sagt denn, daß die den Scheichs gehören?« begehrt sie auf. Sie hat jetzt einfach genug und will weg. Sie findet es einfach blöde, in dieser Hotelbar herumzulungern, wo sie sowieso keiner sieht, und auf irgendwelche eingebildeten Scheichs zu warten, wenn draußen das Leben der Großstadt pulsiert.
Aber Karin ist nicht aus der Ruhe zu bringen. Sie ist schon fast stur in ihrer Gewißheit.
»Jetzt benimm dich endlich wie eine wohlerzogene Tochter, so wie wir das ausgemacht haben, oder nimm dein Zeug und verschwinde!«
Das will Christl allerdings dann doch nicht. Also bestellt sie sich den dritten Kaluha und hält die Klappe.

Kurz darauf taucht ein kleiner dicker Herr im Eingang auf. Er stolpert und fällt drei Stufen der Treppe hinunter. Wie ein Maikäfer liegt er auf dem Boden, ein Bild des Jammers.
Karin dreht sich um und schaut in die Richtung, aus der der Lärm kommt. Die Figur kommt ihr irgendwie bekannt vor. Sie kneift die Augen ein wenig zusammen, um besser sehen zu können. Sie kann es kaum glauben!
»Das ist doch nicht möglich«, sagt sie mehr zu sich selbst,

»das kann doch einfach nicht wahr sein! Wie kommt denn dieser Kerl ausgerechnet hierher?«
Christl schaut sie verwirrt an. Die beiden gehen schnell zu dem gefallenen Mann und helfen ihm auf.
Der Umstand, daß es ihn hingehauen hat, ist ihm sowieso schon peinlich genug. Aber als er Karin erkennt und die auch noch zuckersüß zu ihm hinablächelt und ihn scheinheilig bedauert, reicht es ihm vollends. Im Moment steht ihm der Sinn nur noch nach einer Flasche Whisky. Willenlos läßt er sich zur Bar drängen. Heute ist ihm sowieso schon alles egal.
»Der arme Kerl hat aber auch immer ein Pech«, stichelt Karin weiter. Sie kann es einfach nicht lassen. Christl versteht gar nichts mehr. Karin flüstert ihr schnell ins Ohr, daß das der Typ ist, dem sie in Reichenau den Caddy geklaut hat.
Christl grinst schadenfroh. Endlich tut sich was!
Der vom Schicksal geschlagene Chauffeur vertieft sich in seinen Whisky und schickt ein Stoßgebet zum Himmel.
»Lieber Gott, hilf, daß dieser Alptraum bald ein Ende hat!« Doch damit ist noch längst nicht zu rechnen.

Im Konferenzsaal ist inzwischen die Hölle los. Wie ein Maschinengewehr redet die völlig außer Rand und Band geratene Dolmetscherin auf arabisch auf die Scheichs ein.
Peterson fühlt sich immer unwohler in seiner Haut. Er spürt deutlich, daß es für ihn langsam gefährlich wird. Er bemerkt, daß die arabischen Herren unauffällig nach ihren Dolchen greifen. Bevor ihm eines dieser Geräte noch zwischen die Rippen gerät, packt er schnell seine Unterlagen zusammen und verläßt den Saal. »Sprach der Scheich zum Emir: gehn wir«, flüstert er im Hinausgehen.
Karin, Christl und der Chauffeur lungern noch immer an

der Bar herum. Der kleine Dicke hat schon reichlich viel Whisky getrunken, um dem Dilemma zu entfliehen. Mit glasigem Blick stiert er in die Ferne.
Karin würde zu gerne wissen, was er in London tut. Aber er ist einfach nicht zugänglich und quittiert jede ihrer Fragen mit einem mißmutigen Brummen. Christl wird es langsam zu fad, doch sie wagt es nicht, schon wieder zu meckern, aus Angst, von Karin den nächsten Rüffel zu bekommen.
Aber für die nächste Aufregung ist schon gesorgt. Eben betritt Peterson die Bar und steuert zielstrebig auf seinen Angestellten zu. Er braucht jetzt dringend etwas zu trinken, und zwar etwas Starkes.
Wenn er gewußt hätte, daß er sich geradewegs vom Regen in die Traufe begibt, hätte er seinen Durst bestimmt lieber in der Themse gestillt.
Völlig am Ende seiner Nerven stellt er seinen Aktenkoffer genau neben Karin ab, die mit dem Rücken zu ihm steht, und bestellt einen Scotch. Nicht uninteressiert schaut er die elegant gekleidete Dame an, die sich langsam, wie in Zeitlupe, zu ihm umdreht und zwecks besserer Sicht den Schleier lüftet. Zunächst glaubt er, an Halluzinationen zu leiden, denn das Gesicht unter dem überdimensionalen Hut kommt ihm auf fatale Weise bekannt vor.
Karin hätte es sich eigentlich denken können. Wo der eine ist, kann der andere auch nicht weit sein. Als sie Peterson erkennt, hat sie trotzdem ein Gefühl, als würde ihr jemand den Teppich unter den Füßen wegziehen.
»Was machen denn Sie hier?« bringt sie mühsam hervor.
Das ist für Peterson der letzte Beweis, daß er sich tatsächlich nicht getäuscht hat. Sie ist es. Die schreckliche Dorfemanze. Das ist mehr, als selbst der stärkste Mann vertragen kann. Mit einem Laut der Erschöpfung sinkt er ohn-

mächtig zu Boden. Anscheinend hat sich die ganze Welt gegen ihn verschworen. Er möchte am liebsten nur noch sterben. Beinahe hätte er den Schwur geleistet, ehrlich zu werden, wenn nur dieser Kelch an ihm vorüberginge, als er wenig später wieder aufwacht.
Karin, die ziemlich erschrickt, als ihr Peterson plötzlich wie ein nasser Sack vor die Füße fällt, bemüht sich reizend um ihn. Unterstützt von Christl hilft sie ihm wieder auf die Beine, flößt ihm den Scotch ein, und langsam hat er seine Reaktionen wieder unter Kontrolle.
Christl hätte zu gerne eine Erklärung, was hier eigentlich vorgeht, aber Karin und Peterson starren sich immer noch schweigend an, auch wenn bereits ein leises Lächeln um Karins Mund spielt. Sie findet die Situation eigentlich recht komisch. Mit allem hätte sie gerechnet, nur nicht damit. Wie eigenartig das Leben doch manchmal spielt, denkt sie belustigt.
»Na komm, Peterson! Nichts für ungut!« prostet sie ihm lachend zu. »Jetzt schaun Sie doch nicht so bedröppelt. Ja, ich bin es! Vielleicht sind Sie der für mich vom Schicksal Auserwählte?« spöttelt sie vergnügt. »Sie haben doch selbst erst neulich gesagt, ich bräuchte dringend einen Mann. Sie sind zwar nicht so gut durchhormonisiert wie mein bayerischer Naturbursche, wie man schon an Ihrem etwas schütteren Haar sieht, aber wer weiß? So ein älteres Semester kann auch sehr reizvoll sein.«
Christl bleibt der Mund weit offenstehen, was albern aussieht. Sie kann sich nur vorstellen, daß ihre neue Freundin plötzlich wahnsinnig geworden ist.
»Gott bewahre!« stößt Peterson entsetzt hervor. »Dann lieber auf die Galeere.«

Er würde seinem Protest bestimmt noch kräftiger Ausdruck verleihen, doch in diesem Moment erscheinen die

Scheichs auf der Bildfläche zusammen mit Fräulein Fendi, die noch immer eifrig debattiert und wild mit den Händen fuchtelt.
Peterson wird unwillkürlich einen Zentimeter kleiner und versucht, sich hinter Karin zu verstecken.
Für sie geht in diesem Moment die Sonne auf. Scheichs – und gleich so viele! Sie gibt Christl einen kleinen Schubs und schmeißt sich in Positur. Verheißungsvoll und verlockend wie die personifizierte Sünde lächelt sie den Wüstensöhnen zu.
Auch Christl gibt ihr Bestes. »Bauch rein – Busen raus!« heißt die Devise, und ihre wohlgeformte Oberweite ist kaum übersehbar. Mit ihren blonden Haaren sieht sie aus wie eine süße Honigfrucht. Die Bemühungen der beiden Damen tragen auch bald Früchte.
Peterson betet inbrünstig, daß ihn die Jungs nicht gleich einen Kopf kürzer machen.
Vor allem einer der Ölprinzen redet aufgeregt auf Fräulein Fendi ein und wirft immer wieder wohlwollende Blicke auf die beiden Mädchen. Seine Augen haben einen Ausdruck, als würde er vor sich eine riesige Sahnetorte sehen und als wären Sahnetorten seine Lieblingsspeise.
Fräulein Fendi versucht etwas zu erwidern, indem sie auf Peterson deutet. Aber der Scheich wischt ihre Einwände mit einer energischen Handbewegung beiseite. Sie sieht aus, als hätte sie wieder mal das berühmte Zitronenstück im Mund, als sie unwillig zu Peterson und den beiden Damen hinübergeht, die ihr sehr zweifelhaft vorkommen.
Peterson sieht das Damoklesschwert bereits auf sich herabsausen. Er lehnt sich gegen den Tresen, wahrscheinlich um nicht wieder umzufallen, beißt die Zähne zusammen und bringt sogar noch eine Art Lächeln zustande.
»Eigentlich wollte ich ja nie wieder ein einziges Wort mit Ihnen sprechen, Herr Peterson. Für mich sind und blei-

ben Sie ein Betrüger. Ein Mann, den man keines Blickes würdigt. Aber ich arbeite nun mal jetzt für Seine Exzellenz, und deshalb sehe ich mich gezwungen, Ihnen die Einladung zu überbringen. Seine Majestät macht eine große Gala, und dazu sind Sie herzlich eingeladen. Sie, Ihre Frau und Ihre Tochter.« Sie läßt den Blick in die Runde schweifen.

Karin hat ein Gefühl, als würde ihr gleich das Herz stehenbleiben. Das ist ja wie im Märchen. Daß es so schnell und so einfach gehen würde, hätte selbst sie nicht gedacht. In ihrem tiefsten Inneren hatte sie nie daran geglaubt, daß man so einfach nach London fahren könnte, um sich einen Scheich aufzureißen, und jetzt das. Sie strahlt Fräulein Fendi so glücklich an, daß diese gar nicht anders kann, als freundlich zurückzulächeln. Dabei sieht man zum ersten Mal, wie schön sie eigentlich ist, wenn sie ganz entspannt ist.
Karin hat plötzlich das Gefühl, auf einer rosa Wolke zu stehen. So ähnlich muß es sein, wenn man gestorben ist und plötzlich im Himmel wieder aufwacht, denkt sie überrascht. Sie versucht zu rekapitulieren, wie alles gekommen ist. Erst der Krach mit Wolfgang, dann der Amoklauf, Flucht nach London, Wut, Trotz und beleidigten Stolz im Bauch und diesen Traum vom Scheich. Umwerfend!
Das neue Programm scheint auch Christls Unmut vertrieben zu haben. Sie grinst spitzbübisch, spielt kleinmädchenhaft mit ihren Zöpfen und macht den arabischen Jungs schöne Augen.
Peterson steht da wie versteinert. In seinem Kopf knackt es wie in einem defekten Spielautomat. Kling, peng, bumm macht es da. So, als müßte er seinen Schädel vor dem Zerspringen bewahren, hält er seine Hirnschale fest

und bringt die Einzelteile trotzdem nicht zusammen. Ist er denn meschugge? Ihre Frau und Ihre Tochter, hatte die Fendi gesagt. Moment! Frau und Tochter? Panische Angst befällt ihn. Sollte an diesem Schicksalsquatsch vielleicht doch was dran sein? Dieses Weib vom Lande mußte mit dem Teufel im Bunde stehen. Anders kann so eine Geschichte nicht angehen.
Sein Kumpel kriegt von alldem nichts mit. Er hat sich in eine Fruchtblase aus Whisky zurückgezogen, oder vielleicht ist er auch high vor Angst.
Fräulein Fendi hält es für angebracht, ihrem persönlichen Eindruck nochmals Nachdruck zu verleihen.
»Wissen Sie was, Peterson«, reißt sie ihn aus seinen Gedanken, »für mich gehören Sie genau zu den Männern, die ihre Familie, ohne mit der Wimper zu zucken, an die Araber wegen ein bißchen Öl verkaufen.« Ihr Blick durchbohrt den armen Peterson beinahe.
Aber der sieht sich schon wieder auf der Seite der Gewinner. Wie ein Zinnsoldat steht er plötzlich da, ein Monokel hätte ihm in diesem Moment nicht schlecht gestanden. Man glaubt fast, noch das innere Siegesgelächter in seiner Stimme zu hören, als er ihr antwortet.
»Richten Sie Ihrer Hoheit aus, daß wir der Einladung gern Folge leisten werden. Vielen Dank.« Damit ist für ihn die Sache erledigt.
Auch Karin verfällt in einen etwas eigenartigen Ton, als sie sich für die Einladung bedankt.
»Sagen Sie Seiner Majestät, wir sind entzückt.« Offensichtlich hält sie diese gespreizte Sprache für vornehm, was sie vielleicht auch ist. Aber bestimmt nicht aus ihrem Munde. Bei ihr klingt es fast wie die Drohung: »Warte nur, bis ich komme!«
Fräulein Fendi denkt sich ihren Teil und schreitet hoheitsvoll von dannen.

Zu Hause in Reichenau ist es inzwischen recht trostlos geworden. Zumindest für Wolfgang. Es gibt ja nichts zu tun, denn die Tankstelle ist geschlossen. So versucht er, sich die Zeit mit allerlei sportlichen Betätigungen zu vertreiben. Nie und nimmer würde er zugeben, daß er sich schrecklich einsam fühlt. Schließlich ist er Krebs, da ist man verschlossen und mutig.
Mischa beobachtet ihn schon über eine Stunde, wie er immer wieder sein Skateboard die Straße hochschleppt und damit in halsbrecherischer Geschwindigkeit herunterbraust. Dabei haut es ihn mehrmals gewaltig in den Straßengraben. Aber das scheint ihn nicht zu stören. Er versucht es immer wieder aufs neue. So, als müßte er sich selber etwas beweisen. Mischa kann nur noch den Kopf schütteln. Schlimm, wie ein kleines Kind, denkt er amüsiert. Er lehnt sich lässig gegen die Zapfsäule und applaudiert laut, als Wolfgang gerade vor seinen Füßen eine Bauchlandung macht. Natürlich ist Wolfgang das peinlich, und so wird er gleich zur Begrüßung pampig.
»Was lachst denn so saublöd?« fragt er grimmig und putzt sich den Dreck von den Knien.
Aber Mischa war noch nie um eine Antwort verlegen.
»Sag mal, langt dir das Brett vorm Kopf nicht«, kontert er zynisch grinsend.
»Ich kann dir das Brett gleich um die Ohren hauen, wenn du magst«, lenkt Wolfgang versöhnlich ein. Aber da ist er schief gewickelt.
Mischa bohrt weiter. »Sag mal, dir geht es wohl nicht so besonders, seit die Karin weg ist?«
Wolfgang weist diesen Gedanken weit von sich. »Im Gegenteil, mir geht es blendend! Ich hab' keine Arbeit, kein Geld. – Ich hab' Zeit für meinen Sport. Was will der Mensch mehr?« Er hofft, daß Mischa mit der blöden Fragerei bald wieder aufhört.

Aber der hat seinen letzten Trumpf noch nicht ausgespielt. Er macht einen tiefen Zug an seiner Zigarette und setzt seinen berühmten Clint-Eastwood-Blick auf. »Dann ist es ja fein«, sagt er genüßlich. »Der Karin geht es auch gut.«
Wolfgang gibt es einen Stich in der Brust. »Woher weißt du das?« fragt er fast tonlos und schaut den Freund erwartungsvoll an.
Mischa lächelt ein wenig, spielt aber weiter den großen Coolen, bleibt streng in seiner Rolle.
»Vorhin, als du da deine sportlichen Übungen gemacht hast, ist der Postbote vorbeigekommen und hat eine Karte von der Karin gebracht.«
Diese Nachricht versetzt Wolfgang augenblicklich in Euphorie.
Wie ein Scheckbuch zieht Mischa Karins Karte aus der Innentasche seines Lederjacketts.
Wolfgang hätte sie ihm am liebsten aus der Hand gerissen. Doch vor dem Spezi will er seine Freude nicht so zeigen. Deshalb dreht er sich rasch ab und tut so, als wäre ihm das völlig egal.
»Is doch mir wurst, wie es der geht«, schmollt er wie ein kleines Mädchen.
Also will Mischa sie wieder einstecken. Aber Wolfgang reißt sie ihm schnell weg.
»Laß doch mal anschaun«, sagt er ganz nebenbei. Er weiß genau, Mischa wäre in der Lage, die Karte in den Gully zu werfen. Das ist ihm dann doch zu gefährlich. Er dreht und wendet die Karte und bekommt den ersten Schreck, als er die darauf abgebildete Bauchtänzerin erblickt. Rasch liest er den Inhalt. »Ich bin hier im Luxushotel und habe mir bereits einen Scheich aufgerissen. Gruß Karin«, liest er da. Bei »Gruß Karin« grinst er wie ein Honigkuchenpferd.

»Die Karte kommt aus Tunis«, teilt er Mischa mit, so, als ob der das nicht schon längst wüßte, dabei hat er bestimmt die Karte vorher schon gelesen. »Wo ist denn das, Tunis?« will Wolfgang wissen.
»Mmh, irgendwo in Afrika, glaube ich«, klärt Mischa ihn auf und mustert ihn eindringlich.
Wolfgang erinnert sich sofort wieder daran, daß Freude wegen einer Frau nicht männlich ist. Er gibt Mischa die Karte zurück.
»Aber was interessiert denn mich das, wo Tunis liegt. Ich bin ja schließlich hier. Mir geht's gut. Hab' ja meinen Sport!«
Mischa schmeißt die Zigarettenkippe auf den Boden und tritt sie aus. Mit Röntgenaugen durchlöchert er den Freund. So ganz traut er dem Frieden wohl doch nicht. Er weiß genau, daß Wolfgang nicht die Wahrheit spricht, und ist schon richtig neugierig darauf, wie sich die Geschichte wohl weiterentwickeln wird. Obwohl Wolfgang immer mannhaft abstreitet, daß er Karin liebt, ist Mischa schon lange klar, daß die beiden ein Paar sind. Das müßte für ihn schon mit dem Teufel zugehen, wenn die zwei sich nicht kriegen sollten. Daß Wolfgang irgendwann nach Tunesien fahren wird, ist ihm klar, und daß er als bester Freund mitfahren wird, auch. Bloß wie lange es dauern wird, bis Wolfgang auf die Idee kommt, ist ungewiß. Und das machte die Sache auch für ihn spannend.

London bei Nacht hat einen ganz eigenen Reiz. Anders als New York hat es etwas Geheimnisvolles, Funkelndes. Auf jeden Fall wirkt es nicht so aggressiv und bedrohlich wie die andere Weltstadt.
Karin und Christl haben allerdings für diese Reize keinen Sinn, obwohl sie aus Petersons Wohnung in einem Londoner Hochhaus einen phantastischen Blick genießen

könnten. Aber die zwei Damen sind zu sehr damit beschäftigt, sich für die Gala schön zu machen. Es hatte nicht sehr viel Überredungskunst gekostet, Peterson davon zu überzeugen, daß er ein paar Mark für zwei Abendkleider lockermachen müsse.
Karin trägt ein schwarzes, bodenlanges Kleid, das aussieht wie ein riesiges Spinnennetz. Sie fühlt sich darin sehr wohl, vor allem weil es sündteuer war und ihr »Ehemann« tief in die Tasche greifen mußte.
Auch Christl gefällt sich gut in dem lila-rosa Glitzerkleid mit tiefem Dekolleté und Schlitz an der Seite. Dort, wo der Schlitz endet, prangt eine dicke rosa Satinschleife, was sehr lustig aussieht.
Im Badezimmer, wo sich die beiden gerade mit viel Gekicher eine ganze Menge Farbe ins Gesicht schmieren, herrscht beste Laune. Christl scheint besonderes Augenmerk auf das Make-up zu legen. Mit wahrer Hingabe trägt sie rosafarbenen Lidschatten auf und prüft ihr Werk aus leicht geschlossenen Augen. Offensichtlich gefällt ihr, was sie da sieht, denn sie lächelt zufrieden. Ihr langes blondes Haar hat sie auf große Heißwickler gedreht, damit es hinterher aussieht wie ein echter Anita Ekberg. Das lila Kleid ist hauteng und betont ihre üppigen Kurven messerscharf. Man kann sich den Vamp schon richtig vorstellen.
Karin scheint ein Faible für Mae West zu haben, während Christl eher an Jane Mansfield erinnert. Mit wahrer Akribie bürstet Karin ein langes rotes Haarteil. Es sieht fast aus, als würde sie ein Pferd striegeln.
»Eigentlich ist er doch ganz süß, unser kleiner Mickymaus-Manager«, kichert Karin vergnügt. Sie ist schon ein klein wenig betrunken, denn nach den Whiskys im Dorchester hatte sie auch noch einige Glas Champagner getrunken.

Christl beteuert das treuherzig und widmet sich weiter ihrem Aussehen.
»Wenn ich mir vorstelle, daß wir schon am ersten Tag einen Scheich kennengelernt haben, könnte ich ausflippen. So was ist doch gar nicht möglich. Das gibt's nur im Märchen. Und daß der Peterson uns dann auch noch diese sündteuren Kleider gekauft hat, fast freiwillig, ist echt der Wahnsinn.«
Sie hat schon mehr Haare in der Bürste als im Haarteil. Doch das scheint sie gar nicht zu bemerken. Unbeirrt fährt sie in ihrem Monolog fort.
»Du, wenn wir den Scheich erst richtig im Griff haben, dann lassen wir uns aber wirklich beschenken und mit Klunkern behängen wie die Christbäume.«
Ihre Augen strahlen, als würde sie sich schon als vollerleuchteten Christbaum sehen.
»Überall will ich Gold. Gold ist ja so gesund. Mein Heilpraktiker hat gesagt, man kann gar nicht genug davon am Körper haben. Es schützt die Lebenskraft.«
Sie scheint von dem, was sie sagt, sehr überzeugt zu sein, denn sie nickt mit dem Kopf, wie um sich die Sache selbst noch mal zu bestätigen.
»Überall am Körper, wo nur Platz ist, hängen wir uns Gold hin, Christl. Ich sag's dir.«
Christl, die es anscheinend gar nicht reizt, wie ein goldener Christbaum auszusehen, hat eine andere Idee.
»Du, paß auf, ich sag' dir mal was ganz anderes. Es wär doch viel toller, wenn wir zwei jetzt einfach abhauen und die zwei Idioten alleine zu der Gala schicken würden. So toll, wie wir heut ausschauen, brauchen wir doch bloß in einen heißen Club gehen, da lernen wir dann bestimmt die irrsten Popstars kennen, die wo es auf der ganzen Welt gibt. Des wär doch viel lustiger wie mit den Blöden da. Popstars sind doch viel witziger wie Scheichs!«

Gott sei Dank ist Karin in ihrem Wahn nicht alleine. Auch Christl hat scheinbar 'ne kräftige Meise.
»Oder wir gehen allein auf die Gala und nehmen uns den Besten von den Scheichs und gehen mit dem in eine Discothek und treffen dort einen Popstar. Was glaubst, wie die da glotzen!«
Christl legt zwar ihre ganze Überzeugungskraft in diese Worte, aber Karin fängt laut an zu lachen. Offenbar ist ihr nicht klar, daß ihre Luftblase genauso aberwitzig ist.
»Christl, du bist so naiv, glaubst du's? Glaubst du vielleicht, ein Scheich, der geht in eine Disco, um irgend so einen Popstar kennenzulernen? Wenn so ein Scheich einen Popstar kennenlernen will, dann läßt er sich den ganz einfach auf sein Schloß kommen. Der mietet sich den einfach, wenn er ihn sonst nicht haben kann. Das ist doch ganz klar.«
Christl kann es kaum glauben. »Ja, meinst wirklich?« fragt sie voller Unschuld.
Karin nickt. Christl grübelt über das eben Gehörte ziemlich nach. Vielleicht wäre das ja auch ein Weg zu ihrem heißgeliebten Idol. Christl würde auch den Weg durch die Hölle nehmen, wenn es sein müßte. Sie liebt ihren intergalaktischen Star eben. Nachts träumt sie von ihm und geht an seiner Hand über Brücken in den Wolken.
»Er ist so schön«, seufzt sie hingebungsvoll, »wenn du mal seine Stimme hören würdest, und wie der aussieht, und wie er die Gitarre hält und die Knöpfe am Synthi herauszieht, einfach göttlich!« Fast wäre sie bei dem Gedanken an ihn dahingeschmolzen.
Die ist ja echt verknallt in den, denkt Karin verwundert. Wenn das so ist, muß das arme Kind den Burschen natürlich kriegen. Das ist ja wohl Ehrensache! Karin beschließt, sofort etwas für Christl zu tun, sobald sie der Scheich nach einem bescheidenen Wunsch fragen würde.

In ihrer Vorstellung vom Orient ist es selbstverständlich, daß Damen jeder Wunsch von den Augen abgelesen wird. Was sollten die wohl sonst mit dem vielen Geld tun, das sie in jeder Sekunde aus dem Boden pumpen?
»Jetzt komm mal her und sag mir endlich, wie dieser göttliche Popstar eigentlich heißt. Jetzt bin ich aber wirklich neugierig.«
Christl flüstert Karin einen Namen ins Ohr, worauf diese in freudige Überraschung ausbricht.
»Nein! Der? Du hast ja gar keinen so schlechten Geschmack.«
Christl nickt, und ihre Brust schwellt sich noch mehr. Diesmal vor Stolz.
»Du, aber trotzdem müssen wir an unsere Party denken. Du weißt, was wir ausgemacht haben. Das Berühren der Figuren ist strengstens verboten. Wir machen jetzt den Speck in der Mausefalle, und um die Maus kümmern wir uns dann später. Okay?«
Damit ist Christl einverstanden. Ihr wäre jetzt alles recht gewesen. Hauptsache, sie kommt schnell zu ihrem Angebeteten. Sie gehört zu der Sorte Mädchen, die, wenn man sie vorne aus dem Hotel hinauswirft, hinten durch den Luftschacht wieder einsteigen und ihren angebeteten Star bis zu dessen totalen Wahnsinn belagern. Selbstverständlich aus Liebe. Aus was auch sonst.
Da jetzt alles geklärt ist, wendet sich Karin wieder ihrem Haarteil und ihren eigenen Träumen zu.

Im Nebenzimmer läuft der Fernschreiber auf vollen Touren. Gott weiß, mit welch entfernten Bananenrepubliken Peterson korrespondiert. Auf jeden Fall scheint er es sehr wichtig zu haben, denn er verfolgt mit gespanntem Blick die Nachricht, die soeben hereinkommt. Wahrscheinlich hat er bereits wieder das Öl, das er noch gar nicht hat, in

sämtliche Erdteile verkauft. Es kann es einfach nicht lassen. Sofort türmen sich im Geist Goldsäcke vor ihm auf. Eine Vorstellung, die ihn beinahe glücklich macht. Sollte er eines Tages mal aus Versehen in eine Klapsmühle eingeliefert werden, dann bestimmt, weil er sich plötzlich für J. R. aus Dallas hält. Vielleicht hätten ihm die Eltern dieses Monopoly-Spiel damals doch nicht schenken sollen. Auf jeden Fall liebt er seitdem dieses Kauf-und-Verkauf-Spiel.
Zachi, sein Faktotum, kommt griesgrämig um die Ecke gebogen. Mit weißen Glacéhandschuhen bringt er eine Flasche Champagner. Anscheinend spielt er jetzt auch noch den Butler. Aber Spaß macht es ihm bestimmt nicht. Denn sein Gesichtsausdruck ist ziemlich verbittert. Man könnte ohne weiteres glauben, er trägt sie bei sich, um sie dem Chef gleich über den Schädel zu ziehen.
Peterson fällt zwar auf, daß Zachi finster schaut, aber er beachtet solche Kleinigkeiten nicht.
Zachi knallt die Flasche auf den Tisch vor Peterson: »Das ist die Flasche Sekt, die ich für die Mädchen kaufen sollte.« Man sieht ihm aber an, daß Herumlaufen und Sachenbesorgen nicht gerade eine Leidenschaft von ihm ist.
»Meinst du wirklich, wir sollten so viel Geld in diese beiden Hühner investieren?«
Der Ton ist vertraulich, denn eigentlich sind die beiden gleichberechtigte Partner. Nur daß Zachi in der Öffentlichkeit immer den Diener spielt. In Wirklichkeit hat er es faustdick hinter den Ohren, und Peterson könnte noch einiges von ihm lernen.
»Mein Gott, was soll ich denn machen? Du hast ja selbst gesehen, daß man bei den Arabern mit ökonomischen Argumenten nicht weiterkommt. Vor die Tür haben sie mich gesetzt, diese Barbaren. Ich hab' mir den Mund fusselig geredet, und was hat es genützt? Nichts! Nichts hat es ge-

nützt. Bei den Jungs spielt sich offenbar alles unterhalb der Gürtellinie ab. Da kann man nichts machen. Und jetzt haben wir zum Glück diese zwei dummen Mädchen da, den blonden Tiger und diese rothaarige Emanze aus Niederbayern. Das müssen wir ausnützen. Überleg doch. Die zwei schieben wir den Jungs in den Ofen hinein, dafür kriegen wir eine Unterschrift, und damit hat sich's. Bevor die merken, was los ist, sind wir über alle Berge – mit den Millionen. Klar?«
Diese Vorstellung zaubert im Nu ein seliges Lächeln auf Zachis erhitzte Wangen.
»Alles klar«, bestätigt er Petersons Ausführungen und will schon gehen.
Aber der hält ihn zurück. »Wo willst du hin?« fragt er den erstaunten Zachi.
»Na, zu den Mädchen«, antwortet der beleidigt, »ich bring' den Champagner rein, damit sie dann schön bedudelt sind.«
Peterson winkt genervt ab. »Laß mich das machen. Du weißt doch?«
Zachi bleibt hart. »Peterson! Jetzt laß mich das mal machen. Auf meine Art. Okay?«
»Okay.« Peterson gibt nach.
Schwungvoll, so, als wäre er sein Leben lang nie etwas anderes als Kellner gewesen, hebt Zachi das Tablett hoch, auf das er inzwischen die Flasche nebst zwei Gläsern gestellt hat, und läßt prompt eins fallen. Mit lautem Klirren fällt es zu Boden. Peterson unterdrückt einen Seufzer. Zachi versucht zu retten, was noch zu retten ist, und eilt so elegant wie möglich davon. Peterson verfolgt seinen Abgang kopfschüttelnd. Dieser Kerl ist doch ein Tolpatsch.

Im Badezimmer ist die Stimmung inzwischen in Vorfreude auf die zu erwartenden Schätze noch um ein

beträchtliches gestiegen. »Diamonds are a girl's best friends«, grölen die beiden im Duett.
Zachi, der gerade mit seinem Tablett durch die Badezimmertür balanciert, können sie nun gar nicht brauchen. Karin hat ihn sowieso dick. Sie findet, daß er aussieht wie ein Ferkel, und nennt ihn heimlich Schweinchen Dick. Er schafft es gerade noch, das Tablett auf einem kleinen Tischchen abzustellen, als die Mädels auch schon losbrüllen.
»Raus!« erschallt es gleichstimmig.
Um sicherzugehen, daß er auch ja verschwindet, schmeißt ihm Karin ihre Drahthaarbürste nach, die ihn nur knapp verfehlt.
»Dieser Fettkloß! Was bildet der sich eigentlich ein? Kommt einfach ins Bad. Wahrscheinlich hat er gedacht, er könnte uns nackt sehen, dieser Spanner!« schimpft Karin.
»Aber ehrlich«, entrüstet sich Christl. »Manieren hat der, des gibt's net.«
Zachi ist durch den massiven Angriff so erbost, daß ihm die gute Flasche Schampus für die zwei Hyänen zu schade ist.
»Und wenn es das letzte ist, was ich im Leben mache, die Pulle kriegen sie nicht!« Wie ein Partisan stürmt er erneut das Badezimmer und reißt die Flasche an sich.
Was folgt, ist ein wahrer Hagel von Gegenständen, die durch die Luft fliegen. Aber er schafft es rechtzeitig, sich in Sicherheit zu bringen. Dabei hatte er es doch nur nett gemeint. Aus Frauen wird er vermutlich sein ganzes Leben lang nicht schlau werden. Auch wenn er noch so alt wird, was bei seinem Lebenswandel ohnehin sehr zweifelhaft ist.
Erst überlegt er einen Moment, ob er die Flasche alleine trinken soll, aber dann stellt er sie Peterson vor die Nase.

Der schaut verblüfft von der Flasche zu Zachi und hebt die Augenbrauen. Zachi zuckt bedauernd die Schultern.
»Die Flasche ist den Damen zu warm«, lügt er eiskalt.
Peterson ist sprachlos. Die Damen stellen also auch noch Ansprüche, registriert er erstaunt. Das ist kein gutes Zeichen. Vielleicht sind sie doch nicht so blöd. Peterson reibt sich nachdenklich das Kinn. Das kann ja heiter werden, denkt er bei sich. Das Geschäft muß wirklich so schnell wie möglich abgewickelt werden, bevor er den beiden Gänsen noch den Hals umdreht und vielleicht noch wegen Mord ins Gefängnis muß.

Zur Feier des Tages und damit die Scheichs nicht merken, daß er eigentlich pleite ist, hat Peterson einen wunderschönen, nachtblauen Rolls-Royce gemietet.
Zachi spielt wieder mal den Chauffeur. Er ist begeistert, wie leicht der Wagen sich lenken läßt. Er fährt wie Butter. Ein Genuß. Nur seine Mitfahrer gehen ihm auf die Nerven.
Peterson sitzt vorne bei ihm. Da die gläserne Trennscheibe geschlossen ist und die Mädchen auf dem Rücksitz nichts hören können, macht er noch einen Versuch, die zwei abzuschütteln.
»Peterson! Ich weiß wirklich nicht, ob wir die beiden zu dem Fest mitnehmen sollen. Sie haben uns doch bis jetzt nichts als Schwierigkeiten gemacht. Meine Nase sagt mir, daß es besser wäre, sie einfach irgendwo am Straßenrand abzusetzen.«
Peterson kann das nicht ganz ableugnen.
»Sicher. So gesehen hast du ja recht. Aber sie haben uns auch zurück ins Geschäft gebracht. Das darfst du auch nicht vergessen.«
Offensichtlich ist die Trennscheibe doch nicht richtig zu, denn Karin meldet sich zu Wort.

»Genau! Und deshalb haltet ihr zwei da vorn jetzt auch mal die Klappe, denn ich muß mich konzentrieren, damit wir hernach keine Fehler machen. Schließlich ist das keine Vergnügungsfahrt.«
Christl grinst. Ihr gefällt es, daß Karin sich nichts gefallen läßt.
Karin hat sich ein absurdes Hutgebilde aus Tüll auf den Kopf gesetzt und erinnert nun tatsächlich an Mae West in ihren besten Tagen.
Peterson wendet sich nach ihr um und öffnet die Scheibe ein bißchen mehr.
»Aber Fräulein Weiß, ich bin doch ganz Ihrer Meinung«, pflichtet er ihr schleimig bei. »Das ist der erste konstruktive Satz, den ich heute von Ihnen höre. Wir ziehen doch alle am gleichen Strang, nicht wahr?«
Karin kann es nicht ausstehen, wenn sie nicht das letzte Wort hat, deshalb fährt sie mit ihren Belehrungen fort.
»Ist Ihnen eigentlich aufgefallen, daß der Wagen dreckig ist, mein Lieber?« sagt sie spitz.
Peterson gibt den Rüffel sofort an Zachi weiter. »Hast du gehört? Der Wagen ist dreckig. Bei der nächsten Gelegenheit hältst du und fährst den Wagen in eine Waschanlage.«
Karin ist entsetzt über so viel Unverstand. »Aber Peterson«, entrüstet sie sich, »einen Rolls-Royce fährt man doch nicht in eine Waschanlage. Einen Rolls-Royce wäscht man von Hand.« Sie findet, daß Peterson Manieren wie ein Bauer hat. Doch es ist wahrscheinlicher, daß sie zu viele Groschenromane gelesen hat.
»Mit der Hand!« preßt Zachi durch die Zähne.
»Jawoll, mit der Hand!« bestätigt Peterson. »Das ist doch wohl klar.«
Karin freut sich sehr, daß sie von Peterson auch noch recht bekommt. Genüßlich rekelt sie sich in der weichen

Polsterung und betrachtet wohlgefällig die kleine Hausbar im Fond.
»Wenn ihr noch nicht mal wißt, wie man einen Rolls-Royce behandelt, wundert mich nicht, daß ihr keine Ahnung habt, wie man die Scheichs behandelt. Für diese Dinge braucht man eben Fingerspitzengefühl.«
»Damit hat sie recht, Boß«, meldet sich der Chauffeur zu Wort, »Sie haben wirklich keine Ahnung, wie man Geschäfte macht.«
Das bringt ihm einen bösen Blick von Peterson ein.
»Ruhe da vorne!« brüllt Karin, der es langsam zu dumm wird.
»Sprechen Sie mit mir?« will Zachi wissen.
»Ich rede doch nicht mit dem Chauffeur«, antwortet Karin schnippisch, was Christl ein weiteres breites Grinsen entlockt.
Peterson, der einem erneuten Streit vorbeugen will, schließt vorsichtshalber die Trennscheibe wieder. Diesmal richtig.

Inzwischen ist der Wagen am Zielort, einem prächtigen Landhaus, angelangt.
Karin und Christl können sich gar nicht satt sehen. Das Haus hat schloßähnlichen Charakter, und im Hof sind überall Fackeln angebracht, was sehr romantisch aussieht. Alle Fenster des Hauses sind hell erleuchtet wie zu einem großen Ball. Karin wundert sich zwar ein bißchen, daß in dem großen Hof nur zwei Rolls-Royce geparkt sind, aber sie denkt sich weiter nichts. Vielleicht sind sie einfach noch zu früh dran. Von orientalischen Gepflogenheiten hat sie eben doch keine Ahnung.
Zachi parkt den Rolls neben den anderen Wagen. Sofort kommen die Diener aus dem Haus geeilt, um die Türen zu öffnen und die Gäste zu begrüßen.

Hoheitsvoll steigen die Damen aus und schreiten die Stufen zum Portal empor. Da sie noch auf Peterson warten müssen, der irgendwas im Auto sucht, haben die Mädels Zeit, sich umzusehen. Karin wird immer unruhiger, und als Peterson endlich eintrifft, macht sie ihrem Zweifel Luft.
»Sag mal, Peterson, das kann doch nicht wahr sein. Schauen Sie sich doch mal um. Es sind gar keine Autos da. Da stimmt doch was nicht. Wahrscheinlich sind wir wieder zu früh dran. Das ist mir echt peinlich.«
Aber er sieht darin keinen Grund zur Beunruhigung.
»Ach was«, sagt er leichthin, »die werden schon noch alle kommen. Ist doch prima. Dann haben wir wenigstens Zeit, mit dem Scheich in Ruhe zu reden. Ich weiß gar nicht, über was Sie sich aufregen.«
Mit diesen Worten schiebt er die Mädchen durch die Tür, was Karin sofort wieder zornig werden läßt.
»Finger weg!« zischt sie aufgebracht.

Das Innere des Hauses ist äußerst kostbar, wenn auch kitschig eingerichtet. Reine orientalische Prachtentfaltung. Das Licht ist gedämpft, und aus der Ferne klingt leise orientalische Musik. Auch riechen tut es wie in einem arabischen Garten. Durch endlos lange Gänge, über Teppiche so weich wie Watte, geleitet ein Diener die Gruppe in den Salon, wo der Scheich und Fräulein Fendi sie schon erwarten.
Mit ein paar kurzen Blicken checkt Karin die Situation.
»Vorsicht! Das ist eine Falle!« raunt sie der überraschten Christl zu, die denkt, in einem arabischen Märchenpalast gelandet zu sein.
Der Scheich auf seinem Diwan schaut die beiden an wie ein hungriger Löwe.
»Des hat der sich fein ausgedacht, dieser Scheich«, flü-

stert Karin Christl zu. »Aber der soll sich wundern. Du machst jetzt alles genauso, wie ich es dir sage.«
»Bin ja schon gespannt, was die aushalten, diese Araber«, antwortet Christl.
Kerzengerade und im Gleichschritt gehen die beiden auf den wartenden Wüstensohn zu.
Der Majordomus meldet sie, wie es Tradition ist. »Mr. and Mrs. Peterson with daughter, His Royal Highness Prince Sharid«, stellt er förmlich vor.
Der Prinz erhebt sich und geht auf Karin und Christl zu, um sie zu begrüßen. Karin streckt ihm die Hand zum Kuß hin, weil sie denkt, das geht so. Christl tut gehorsam dasselbe.
Außer Prinz Sharid sind noch zwei weitere Prinzen anwesend, die ebenfalls vorgestellt werden. Offensichtlich haben die Wüstensöhne so eine Art Herrenabend geplant.
In einer Ecke des Raumes spielt eine arabische Band verlockende Weisen.
Karin muß an die vielen Geschichten denken, wo deutsche Mädchen unter Drogen gesetzt und danach in den Orient verschleppt werden. Eine Geschichte, die ihr gar nicht gefällt. Sie ist fest entschlossen, mit heiler Haut aus diesem Schlamassel wieder herauszukommen. Aber da sie sich mitten in der Höhle des Löwen befindet, macht sie gute Miene zum bösen Spiel. Zuckersüß lächelt sie in die Runde und beschließt, sich mit aller Kraft an Peterson zu klammern, da er der einzige Mann in ihrer Runde ist. Den dicken Zachi rechnet sie nicht mit.
Der Scheich läßt es sich, nachdem er die Damen ausreichend begrüßt hat, nicht nehmen, sie persönlich zum Diwan zu begleiten, wo sie Fräulein Fendi mit einem geschmerzten Lächeln und einem mühsamen Kopfnicken begrüßt. Karin setzt sich und gibt Peterson ein Zeichen, sich neben sie zu setzen. Er folgt der Aufforderung nur wi-

derwillig, denn er ist, nachdem er die Sachlage umrissen hat, bereit, sich auf einen möglichen Fingerzeig des Scheichs diskret zurückzuziehen. Aber Karin macht ihm einen Strich durch die Rechnung und klammert sich fest an ihn.
Erfrischungen und Champagner werden gereicht, doch Karin nippt wegen der eventuell enthaltenen Betäubungsmittel nur ganz vorsichtig.
Für Christl, für die sie schließlich die Verantwortung trägt, legt sie ein prächtiges Kissen zu ihren Füßen parat.
»Engelchen, du kommst hierher zu Daddy«, säuselt sie zuckersüß.
Dem Scheich, der zu Karins Rechter Platz genommen hat, fallen fast die Augen heraus, hat er doch so einen ziemlich guten Einblick in das Dekolleté der Damen.
Fräulein Fendi, die ein wunderschönes goldenes Kleid trägt, beobachtet die Vorgänge voller Mißtrauen. Ihr ist dieses Familienbild der Petersons wohl gar zu idyllisch. Angewidert wendet sie sich ab und beißt wütend in ein Datteltörtchen. Die Stimmung ist sehr angespannt, so daß es im Gesicht des Scheichs nervös zu zucken beginnt. Er starrt und schweigt und schweigt und starrt. Nur ab und zu huscht ein Lächeln über sein Gesicht. Auch durch die Musik, die plötzlich lauter und dringender wird, lockert sich die Atmosphäre nicht wesentlich. Mit anderen Worten – es ist zum Kotzen langweilig. Karin wird es in zunehmendem Maße ungemütlich. Als die Finger des Scheichs plötzlich an ihrem Kleid herumnesteln, reicht es ihr.
»Ach, Herzchen«, wendet sie sich an den verblüfften Peterson, »du mein geliebtes ein und alles, da hast du dir was Nettes ausgedacht«, zischelt sie ihm zu. Dabei lächelt sie honigsüß. Aber in ihren Augen erscheinen unübersehbare Warnzeichen. Sie streichelt zwar ihrem Mann sanft über die Wangen, doch der zuckt bei dieser Berührung zu-

rück, als hätte sie gerade versucht, ihm die Augen auszukratzen. Karin schmeißt sich jetzt erst richtig auf ihren Gatten und zeigt dem Scheich die kalte Schulter.
Peterson ist das mehr als unangenehm. »Also, was soll das!« ruft er aus. »Majestät, ich entschuldige mich. Ich weiß gar nicht, was plötzlich in sie gefahren ist. Erst heute morgen hat sie noch gesagt, wie charmant sie Sie findet, und jetzt führt sie sich so auf. Ich verstehe das nicht. Aber wahrscheinlich ist ihre übergroße Schüchternheit daran schuld. Sie wissen ja selbst, wie Frauen sind.« Dabei lächelt er vielsagend.
Der Scheich faßt das wohl als Kompliment auf, denn er gibt seinen Freunden ein Zeichen, worauf einer nach dem anderen sich mit einer leichten Verbeugung verabschiedet und den Raum verläßt. Der Prinz mustert Karin mit wohlgefälligem Blick, wie einen fetten Hammel, und entblößt sein beachtliches Gebiß in einem breiten Grinsen. Karin spürt im Geist schon seine Zähne in ihrer Schulter. Schön langsam beginnt sie sich zu fragen, ob Peterson nicht vielleicht doch schon einen Kaufpreis für sie und Christl mit ihm ausgehandelt hat. Auf ein weiteres Zeichen zieht sich auch Fräulein Fendi zurück.
Karin und Christl verfolgen das Geschehen mit Entsetzen. So entgeht ihnen auch, daß Peterson gerade versucht, das Weite zu suchen. Karin kann ihn aber gerade im letzten Moment noch daran hindern.
»Hast du so was schon mal erlebt«, raunt sie Christl zu, »das ist doch ein abgekartetes Spiel.«
»Jetzt führt euch doch mal nicht so bescheuert auf!« schimpft Peterson und rückt ein ganzes Stück weiter weg. »Ich muß nur mal schnell auf die Toilette. Das wird doch wohl noch erlaubt sein?«
Aber Christl und Karin rücken schnell nach und vereiteln so seinen Fluchtversuch.

»Nichts da! Hiergeblieben, Hasi!« befiehlt Karin zornig, vergißt aber nicht, dabei zu lächeln, obwohl ihr das zugegebenermaßen reichlich schwerfällt. So, als sei er der liebste Mensch auf der Welt, überschütten ihn die Mädels mit Küssen, was sich Peterson wohl oder übel gefallen lassen muß.
Der Scheich zieht ein Gesicht, als hätte man ihm Zucker in den Tank geschüttet.
Bevor Peterson noch was sagen kann, wendet sich Karin an den verärgerten Scheich. »Es tut mir leid, Majestät. Aber mein Mann liebt keine großen Gesellschaften. Er fühlt sich dabei immer unwohl, weil er lieber mit uns allein ist. Wir sehen uns nämlich so selten. Sie verstehen, jede Minute ist kostbar. Es tut mir zwar leid, aber er will unbedingt mit uns nach Hause. Vielleicht treffen wir uns ein anderes Mal. Außerdem hab' ich furchtbare Migräne.«
Peterson versucht sich herauszureden. »Majestät, auf mir lastet ein ungeheures Gefühl der Verantwortung, und das hier ist einfach zuviel für meine schwachen Nerven.«
Karin kuschelt sich selig an ihn. »Wenn ich ihn nur nicht so lieben würde«, schmalzt sie hingebungsvoll.
Der Scheich nickt verständnisvoll, wenn auch mit einem etwas schiefen Lächeln. Für ihn ist der Abend gelaufen. Er ärgert sich, daß er nicht einen Weg gefunden hat, die Mädchen von vorneherein allein zu treffen. Er ist gewohnt zu bekommen, was er will, und kann Mißerfolge nur sehr schlecht wegstecken. Da die Situation untragbar geworden ist, springt Peterson schließlich wutentbrannt auf und verschwindet.
Christl und Karin folgen seinem Beispiel sofort, aber nicht ohne dem enttäuschten Scheich noch mal die Hand zu reichen. Wie ein Blutegel saugt dieser sich an Karins Patschhändchen fest, so daß Christl sie mit Gewalt fort-

ziehen muß. Sie erreichen Peterson gerade noch am Ausgang und lassen eine wüste Schimpftirade auf ihn los.

Der Scheich bleibt zurück wie ein begossener Pudel. Ein Diener betritt den Raum. »Your Royal Highness, the icecream«, verkündet er förmlich.
Der Scheich hätte am liebsten »fuck you« gesagt, aber er unterdrückt es. Statt dessen springt er auf und gibt der Band mit einer energischen Geste zu verstehen, daß sie zu spielen aufhören soll. Geschwind zieht sich das Personal zurück. Es weiß genau, daß mit dem Prinzen jetzt nicht gut Kirschen essen ist. Mißmutig kehrt er zu seinem Diwan zurück, greift sich eine halbleere Champagnerflasche und nimmt einen kräftigen Schluck daraus. Danach meditiert er stundenlang vor sich hin, wie er an diese Karin herankommen könnte. Bisher ist ihm noch immer was eingefallen, und so wird es sicher diesmal auch wieder sein.

Wolfgang hat in der Zwischenzeit den Kampf mit dem Skateboard immer noch nicht aufgegeben. Jeden Tag aufs neue wagt er den halsbrecherischen Balanceakt auf dem Rollenbrett. Obwohl er in den letzten Tagen Fortschritte gemacht hat, ist die Figur, die er bei seinen Übungen macht, nicht gerade umwerfend. Obwohl es ihn ein ums andere Mal schmeißt. Trotzdem ist er mit Eifer bei der Sache, so daß man fast den Eindruck gewinnen könnte, er trainiere für die Olympiade.
Die Tankstelle sieht inzwischen wild aus. Überall hat er riesige Schilder aufgestellt, auf denen in fetten Lettern steht: »Geschlossen – Vorbei!!!« Eine Kulisse, die auch gut nach Desperado City gepaßt hätte.
Was ihm an sportlicher Eleganz fehlt, versucht er durch einen feuerroten Jogging-Anzug mit weißen Seitenstrei-

fen wiedergutzumachen. Gerade hat es ihn wieder mit Karacho über eine kleine Holzbank geschmissen, die dummerweise im Wege stand. Doch von solchen Lappalien läßt er sich den Mut nicht nehmen. Verbissen klemmt er sich das Skateboard unter den Arm und stapft die Straße hoch. Mit einem wahren Harakiri-Ausdruck stellt er sich aufs Brett und saust los.

Mischa, der gerade des Weges kommt, sieht es mit Entsetzen. »Vorsicht! Wolfgang! Nicht so schnell! Bist du wahnsinnig?« ruft er dem offensichtlich lebensmüden Freund zu.
Wolfgang kommt dahergesaust wie ein roter Blitz, kann kaum die Balance halten und schafft es gerade noch, einem aus der anderen Fahrtrichtung daherbrausenden Mercedes auszuweichen. Mischa hat es schon krachen sehen. Deshalb hält er sich die Augen zu, er kann einfach kein Blut sehen.
Mit einer scharfen Kurvendrehung biegt Wolfgang in einen Seitenweg und landet direkt in einem Hühnerstall. Sehr zum Entsetzen der Hühner, die gerade ihr Nickerchen halten. Aufgeregt flattern sie hin und her und machen einen Höllenlärm. Zum Glück ist der Bauer, dem die lieben Tiere gehören, momentan auf dem Feld, denn der hätte bestimmt kein Verständnis für Wolfgangs Turnübungen gehabt. Für den ist dieses Mißgeschick das Zeichen, daß es für heute genug ist. Nachdenklich geht er zurück zur Tankstelle und ärgert sich furchtbar, daß es ihm einfach nicht gelingen will, Karin aus seinen Gedanken zu verbannen. Zum Teufel mit ihr. Geknickt setzt er sich auf ein leeres Ölfaß und starrt vor sich hin.
Mischa schaut sich das eine Weile schweigend an. Aber auf die Dauer hält er nicht viel von stummen Dialogen.
»Arbeitest du jetzt beim Wienerwald?« frozzelt er den

Freund, der wirklich aussieht wie ein gerupftes Brathähnchen. Für den dummen Spruch gibt's einen entsprechend strafenden Blick.
»Nein du, jetzt wirklich«, fängt Wolfgang zu sprechen an. »Ich mach' mir wirklich Sorgen um die Karin. Stell dir vor, dieses arme, zarte Kind in diesem furchtbar heißen und gefährlichen Afrika! Alptraummäßig. Wenn ihr dort was passiert – furchtbar!«
Die Sorgen ziehen tiefe Furchen in seine sonst schön glatte Stirn.
»Ganz alleine! Ohne mich, der sie beschützt. Das kann doch niemals gutgehen.«
Mischa grinst. Jetzt ist es also soweit. Der Bursche ist mürbe. Er hütet sich deshalb, Wolfgang in seinen Gedankengängen zu unterbrechen. Er wollte schon immer mal nach Afrika. Warum also nicht jetzt? Wolfgang hat anscheinend auch schon Vorstellungen, wie sie das Projekt finanzieren könnten.
»Ich glaub', ich red' mal mit meiner Oma«, hebt er an, »die mag ja die Karin auch so furchtbar gern. Außerdem hat sie immer gesagt, daß, wenn die Karin und ich einmal heiraten, sie uns ein bisserl Geld gibt.«
Mischa hört sich den ganzen Vortrag sehr amüsiert an. Innerlich zerreißt es ihn fast, als Wolfgang sich vorsichtig vorwärts tastet.
»Schau, Mischa, jetzt stell dir doch mal vor, wenn du meine Oma wärst, weißt du, so eine richtig liebe, süße Oma, und ich würde zu dir kommen und sagen, schau, liebe Oma, die Karin und ich, wir haben einen Streit gehabt, ein klitzekleines Streitchen, in sieben Jahren eins! Das ist doch nicht viel bei so einer langen Freundschaft. Und wir wollen heiraten, weil wir uns inzwischen wieder vertragen haben. Aber die Karin, die ist weggefahren, und jetzt hat sie kein Geld mehr für die Rückreise. Und ich

würde halt gerne dahin fahren, um sie zurückzuholen. Was würdest du denn als Oma dazu sagen?« Treuherzig wie ein kleiner Dackel schaut er den Freund an.
Mischa grinst. »Ich als Oma?«
Wolfgang nickt.
»Ich als Oma würde dir kein Wort glauben. Aber das Geld würde ich dir geben«, antwortet er so gelassen, wie es in dieser komischen Situation möglich ist.
»Du bist eine liebe Oma!« strahlt ihn Wolfgang dankbar an. Am liebsten hätte er ihn abgeküßt. Damit ist die Sache klar. Für Wolfgang war es sozusagen der letzte Test, bevor er wirklich zur Oma geht. Im Geist sieht er sich schon die Wüste durchkämmen, Kämpfe auf Leben und Tod mit heißblütigen Berberfürsten austragen, und alles nur wegen seiner heißgeliebten Karin. Seinen letzten Blutstropfen ist er bereit zu geben, um die Prinzessin aus den Klauen des bösen Drachen zu befreien. Längst ist er in die goldene Rüstung geschlüpft, der verliebte Tropf, während Mischa eher an verführerische Bauchtänzerinnen und vergrabene Schätze denkt.
Eine freudige Erregung durchrieselt die zwei Freunde, als sie sich, wie um einen Pakt zu besiegeln, fest die Hand drücken und sich dabei tief in die Pupillen sehen. Eben echt männlich.

In London ist alles beim alten. Die »Familie Peterson« hängt immer noch beisammen. Peterson, Zachi und Christl nehmen auf der Dachterrasse ein opulentes Frühstück ein. Christl läßt es sich schmecken. Mit einem Suppenlöffel pult sie in einer köstlichen Honigmelone herum, die ihr besonders gut zu schmecken scheint. Peterson sieht mit Mißfallen, wieviel Nahrung in ihrem kleinen Mund verschwindet.
»Sag mal, wir sind hier keine Altwarenhandlung, oder?«

motzt er mißmutig. »Überall liegen eure Klamotten herum, geöffnete Koffer, Büstenhalter und lauter so Kram. Heute morgen hab' ich sogar einen Tampon gefunden. So was geht doch nicht.«
Christl könnte sich ausschütten vor Lachen, was Peterson nur noch wütender macht.
»Hör sofort auf!« plärrt er zornig. »Da gibt es gar nichts zu lachen. Das ist eine Schweinerei.«
Doch Christl ist nicht aus der Ruhe zu bringen. Schließlich ist es ihr erstes richtig gutes Frühstück in London, das will sie sich nicht verderben lassen, und von Peterson schon zweimal nicht.
»Komm, jetzt reg dich nicht auf. Das ist schlecht für die Gesundheit«, schneidet sie ihm das Wort ab.
Peterson will gerade in sein mit Butter und Lachsschinken belegtes Brötchen beißen, als er darauf ein Haar entdeckt. Mit spitzen Fingern entfernt er es und hält es Christl vor die Nase.
»Da – da – schau dir das bitte an. Das ist wohl die Höhe! Ein Haar von dieser Schwarzen Witwe!« Damit meint er Karin. »Und das auf meinem Frühstücksteller!«
Christl hätte es fast zerrissen, weil er so säuerlich dabei aussieht wie eine alte Jungfrau.
Auch Zachi hat heute offensichtlich seinen witzigen Tag.
»Willst du es ihr nicht zurückgeben?« bemerkt er keck und stopft sich eine Schrippe in den Mund.
In diesem Moment klingelt es an der Haustür. Peterson fordert Christl auf zu öffnen. Sie wischt sich die schmierigen Finger an ihrem Negligé ab und begibt sich zur Tür.
Karin, die ebenfalls noch im Pyjama ist, packt gerade Geschenke ein. Sie will eine Kleinigkeit nach Hause schicken, denn inzwischen plagt sie das schlechte Gewissen, weil sie einfach so davongelaufen ist. Erst heute nacht hat sie wieder von Wolfgang geträumt, und das Herz tut ihr

weh. Sie erschrickt fast, als Christl völlig aufgedreht ins Zimmer gestürzt kommt. Im Arm hält sie eine riesige Blumenschachtel. »Stell dir vor, was gerade passiert ist«, erzählt sie aufgeregt, »der Scheich hat eine ganze Schachtel mit Orchideen geschickt! Ist das nicht toll! So was Schönes hab' ich noch nie gesehen. Schau doch mal her.« Sie reicht Karin den Karton. Schön sind die Orchideen, denkt Karin. Aber das kann ihren Herzschmerz auch nicht aufheben.
»Außerdem hat er uns noch zu einer Kutschenfahrt im Hyde Park eingeladen«, fährt Christl fort. »Wann immer es uns beliebt, hat er gemeint.« Christl kommt sich vor wie im Kino und würde am liebsten sofort losdüsen.
»Der geht aber ganz schön ran«, ist alles, was Karin zu dem Thema zu sagen hat. Sie wendet sich wieder ihren Geschenken zu. Die Orchideen legt sie achtlos beiseite. Die Päckchen sind ihr im Moment wichtiger.
Christl hatte sich am Tag zuvor schon gewundert, was Karin wohl in all den Tüten nach Hause geschleppt hatte.
»Sag mal, was machst du da eigentlich?« erkundigt sie sich neugierig und läßt sich neben Karin nieder, um alles besser sehen zu können.
Karin will gar nicht so recht heraus mit der Sprache. »Ach nichts«, sagt sie leichthin und versucht, die Sachen schnell zuzudecken. »Ach du, ich pack' da gerade was ein«, erklärt sie nervös.
»Das seh' ich«, antwortet Christl, »aber was sind denn das für Sachen?«
»Na ja, so ein paar Zeitungen und ein Karateanzug«, gibt Karin widerwillig zu.
Christl stellt sich blöd. »Für wen ist denn der?« will sie wissen.
»Na ja, für den Wolfgang«, gibt Karin zu, wenn auch ungern.

Christl grinst. »Ja sag amal! Denkst du vielleicht immer noch an den?« Ihr macht es Spaß, Karin zu ärgern. Vor allem als sie sieht, daß diese echt verlegen wird.
»Ich denk' überhaupt nicht dran, an den zu denken«, antwortet sie fast zornig. Aber ihre leuchtenden Augen strafen sie Lügen.
Und wie sie an ihn denkt! Tag und Nacht. Das ärgert sie zwar maßlos, aber irgendwie ist es auch schön so. Und am schönsten wird sowieso die Versöhnung, wenn es zu einer kommt. Liebevoll wickelt sie den Anzug in rotes Seidenpapier und denkt an ihn. Wo er wohl sein mag???

Würde jemand Karin erzählen, daß Wolfgang und sein Freund Mischa just zu diesem Zeitpunkt im Safari-Anzug durch den Basar von Tunis schlendern, um nach ihr zu suchen, würde sie es wahrscheinlich nicht glauben.
Wolfgang und Mischa sind schon seit Stunden unterwegs. Die ungewohnte Hitze macht ihnen schwer zu schaffen, und auch die Füße tun schon weh. Um sie herum herrscht die farbenfrohe Betriebsamkeit eines arabischen Marktes. Aus allen Ecken dröhnt orientalische Musik, und die vielen Händler versuchen lautstark, ihre Waren an den Mann zu bringen.
Wolfgang nimmt kaum etwas wahr von den vielfältigen neuen Eindrücken. Er sucht krampfhaft nach einer Spur. Versucht unter den Schleiern der Frauen rote Haare zu entdecken. Vergeblich.
Mischa dagegen saugt alles gierig in sich auf. Er liebt die Gerüche, das Licht, die Farben und den Lärm. So hat er es sich immer vorgestellt. Genauso.
Gerade biegen sie in eine neue Gasse ein, als Wolfgang plötzlich etwas entdeckt.
»Du, bleib amal schnell stehen«, fordert er den Freund auf, »schau, da gibt's Ansichtskarten.« Prüfend dreht er

den Ständer und schaut alle Karten genau an. Auf den meisten sind Bauchtänzerinnen abgebildet. Plötzlich bleibt sein Auge an einer haften. »Mischa! Schau!« ruft er erregt und zieht eine Karte vom Ständer. Es ist genau die gleiche, wie Karin sie geschickt hatte. Vor Aufregung bekommt er ganz rote Backen. »Wir sind richtig«, sagt er voller Hoffnung, während er die beiden Karten miteinander vergleicht, »ich hab's ja gewußt! Wir sind auf der richtigen Spur. Schau mal, und den Flitter hier auf ihrer Karte, den hat sie selber drangemacht.« Bei diesen Worten lächelt er so selig, als würden Diamantsplitter den Kartenrand verzieren. »Weißt, die Karin ist zwar ein Mistviech. Aber ihre Karten, die waren immer eine Wucht.«
Mischa findet diesen Gefühlsausbruch zwar ganz nett, aber ihm tun wirklich die Füße weh.
»Das ist ja alles ganz reizend«, antwortet er genervt, »aber könntest du mir jetzt trotzdem mal sagen, wie es weitergehen soll?«
Wolfgang stellt sich das alles recht einfach vor. »Schau! Auf der Karte steht doch, daß sie sich einen Scheich aufgerissen hat. Richtig?«
Mischa nickt. »Richtig.«
»Na, und was tun die Mädels in so einem Fall?« versucht ihm Wolfgang auf die Sprünge zu helfen. »Sie lassen sich von oben bis unten mit Klunkern behängen. Diamanten, Gold und so ein Zeug. Kommst mit?«
Mischa ahnt in etwa, was er meint, deshalb nickt er wieder. »Klar.«
»Na siehst du«, meint Wolfgang, »dann brauchen wir uns nur zu erkundigen, wo hier in der Stadt der beste und teuerste Juwelier ist. Dort legen wir uns auf die Lauer, weil sie da ja früher oder später mal vorbeikommen muß. Verstehst???« Wolfgang ist sich ganz sicher, daß das die richtige Methode ist, um Karin zu finden.

Auch Mischa findet den Vorschlag nicht schlecht. »Also gut. Worauf warten wir dann noch?« fordert er Wolfgang auf. Ihm ist es schon langsam egal, wie er zu einem Sitzplatz kommt. Außerdem hat er vorhin gesehen, daß die Kunden in den Geschäften Pfefferminztee serviert bekommen, und er ist wirklich schon beinahe ausgedörrt. Soll Wolfgang sich doch die Hacken ablaufen. Er will sich ausruhen. Zwar sind sie erst einen Tag hier, aber er spürt bereits, wie eine wahrhaft orientalische Trägheit von ihm Besitz ergreift. Auch gegen ein kleines Wasserpfeifchen hätte er nichts einzuwenden, wenn er schon mal an der Quelle sitzt. Langsam beginnt er sich zu ärgern, daß er nicht als Scheich geboren wurde. Er kann sich das Wohlleben im Orient recht plastisch vorstellen und es gefällt ihm gar nicht schlecht. Aber dieser Traum vom Harem und all diesen Dingen befällt wohl irgendwann im Leben jeden Mann. Nur für Wolfgang gibt es momentan keine andere Frau auf der ganzen weiten Welt als Karin.

Während sich Wolfgang und Mischa von Juwelier zu Juwelier durch den Basar schleppen, fahren die Mädchen in einer luftigen Kutsche mit ihrem Scheich durch den Hyde Park. Als Tüpfelchen auf dem i hat er ihnen ein Picknick an der schönsten Stelle im Park versprochen.
Es fährt sich angenehm in dem offenen Zweispänner, der von zwei Schimmeln gezogen wird. Es ist alles wirklich hochherrschaftlich, und der Scheich scheint sehr zufrieden zu sein, denn er grinst wie der Breitmaulfrosch. Fräulein Fendi ist sauer wie immer. Ihr ist das ganze Theater, das ihr Boß wegen dieser beiden Mädchen aufführt, eher peinlich. Ihr kleines, weißes Schoßhündchen, das sie zärtlich Minouche nennt und ständig streichelt wie ein kleines Baby, wirkt reichlich lächerlich.
Peterson und die zwei Mädels sitzen genau gegenüber

vom Scheich, der Glutaugen macht, und Peterson beobachtet befriedigt, wie der arabische Prinz langsam seine Hand näher an Karins Finger heranschiebt. Dabei tut der Scheich harmlos und lächelt unaufhörlich, was Karin echt auf die Nerven geht. Immer wieder versucht er, sie zu berühren. Aber sie zieht die Hand jedesmal schnell wieder zurück. In Gedanken weilt sie bei ihrem Liebsten und entschließt sich in diesem Moment dazu, vielleicht noch ein paar Juwelen als Beweismaterial anzunehmen und dann wieder nach Hause zu fahren und Wolfgang nötigenfalls auf Knien um Verzeihung zu bitten.

Während Karin in London von Juwelen träumt, versucht sich Wolfgang in Tunis einem Juwelier verständlich zu machen, was gar nicht so leicht ist, da erstens Sprachschwierigkeiten bestehen und er zweitens sowieso recht wirr daherredet. Der im übrigen gutaussehende Araber hat schon viele Verrückte gesehen, aber so was ist ihm doch noch nicht passiert. Deshalb entschließt er sich, dem eigenartigen Kunden auf jeden Fall immer recht zu geben. Man weiß ja nie, was solche Leute für Ausflipper kriegen, wenn man sie reizt. Bei einem Typen, der mitten in der Stadt als Großwildjäger verkleidet herumrennt, muß man auf alles gefaßt sein. Seiner Menschenkenntnis nach handelt es sich bei Wolfgang um einen Fremdenlegionär, und daß die manchmal spinnen, weiß man ja.
»Sind Sie der beste Juwelier hier in der Stadt?« erkundigt sich Wolfgang hoffnungsvoll.
Der Mann bestätigt ihm die Frage und geht vorsichtshalber ein Stückchen auf Abstand.
»Ich such' meine Freundin, die Karin«, fährt Wolfgang fort, »die müßte bei Ihnen gewesen sein, und zwar begleitet von einem Scheich.«
Der Händler wiegt bedächtig den Kopf und tut so, als

würde er bereits angestrengt nachdenken. Der Kerl ist ihm unheimlich.
»Ich beschreibe sie mal kurz«, fährt Wolfgang unbeirrt fort, weil es ihm so vorkommt, als wüßte der Mann bereits, von wem er redet. »Sie ist ungefähr einssiebzig groß, hat einen sehr schönen Busen und auch einen sehr schönen Po.« Dabei lächelt er verschämt wie ein Pennäler. »Und am allerschönsten sind ihre Augen. Wenn Sie in diese Augen mal hineinschauen, vergessen Sie die nie wieder. So grün und geheimnisvoll wie ein Bergsee sind die. Mein lieber Freund!«
Der Mann kratzt sich verlegen am Kopf. Das wird ja immer bunter, denkt er. Was glaubt der Mann eigentlich? Schließlich interessiert er sich wirklich nicht für die physischen Merkmale seiner Kundschaft, schon gar nicht, wenn sie mit einem Scheich unterwegs ist.
Aber Wolfgang gibt nicht auf. Er hat eine neue Idee.
»Wissen Sie, an was Sie sie bestimmt sofort erkennen würden?« sagt er voller Überzeugung. »Das ist ihre sanfte Stimme. Die würde Ihnen sofort auffallen. Wie Butter ist die. Ehrlich!«
Der Händler lächelt verständnisvoll und nickt mehrmals, weil ihm beim besten Willen nicht einfällt, was er sonst tun sollte.
Diese Geste mißversteht Wolfgang gründlich. Ihm kommt es so vor, als würde sich der Mann seine Karin bereits genüßlich auf der Zunge zergehen lassen. Sein Gesicht nimmt einen herausfordernden Ausdruck an.
»Sie, gell! Ich warne Sie!« stößt er hervor und deutet drohend auf den verschreckten Juwelier. »Lassen Sie bloß die Finger von meiner Karin!«
In diesem Moment scheint es Mischa an der Zeit einzuschreiten. Er packt den Freund am Arm und zieht ihn aus dem Laden. »Jetzt komm schon«, fordert er ihn auf, »du

siehst doch, daß sie die Karin hier nicht kennen. Wer weiß, wo die sich gerade herumtreibt. Vielleicht kommt sie auch erst später. Wir können ja morgen noch mal vorbeischauen oder den Laden im Auge behalten.«
Kaum sind sie draußen, wischt sich der gestreßte Händler mit einem blütenweißen Taschentuch den Schweiß von der Stirn. Er hat für heute genug und würde den Laden am liebsten schließen. Bei dieser Hitze geht eh kein Geschäft. Inzwischen ist er sich sicher, daß dieser Verrückte wahrscheinlich einen Sonnenstich hat. Auf jeden Fall ist er froh, daß er den unbequemen Burschen los ist.

Karin hat mittlerweile ganz andere Sorgen.
Der Scheich hat im Park ein Zelt aufbauen lassen, unter dem Kissen und ein opulentes Picknick hergerichtet sind. Die obligatorische arabische Band hat er auch wieder dabei, und alles wäre eigentlich sehr angenehm, wenn sie nicht ständig an Wolfgang denken müßte. Was nützt ihr denn der ganze Luxus ohne ihn? Nichts! Lustlos knabbert sie an einem Hühnerschenkel herum und nippt an ihrem Champagner.
Dafür, daß der Scheich Mohammedaner ist, säuft er eigentlich ganz schön, denkt sie bei sich. Na ja. Wahrscheinlich nehmen es die Burschen im Ausland mit der Religion auch nicht so genau. Ob Wolfgang mir wohl glaubt, wenn ich ihm das alles später mal erzähle? Was er wohl macht, so ganz alleine???

Wolfgang und Mischa haben sich inzwischen in ein Café gesetzt, weil Mischa wirklich nicht mehr laufen kann. Wolfgang grübelt und grübelt. Er kann einfach nicht verstehen, wieso man seine Freundin beim Juwelier nicht kennt. Dafür gibt es eigentlich nur eine Erklärung. Nachdenklich schüttelt er immer wieder den Kopf. Was mag

das wohl bedeuten. Die Idee, die immer wieder in seinem Kopf auftaucht, will schließlich formuliert werden.
Er nimmt einen Schluck Tee.
»Wenn die noch nicht beim Juwelier war, dann hat sie auch keinen Ölscheich«, behauptet er schließlich kleinlaut, »dann hat sie wahrscheinlich gelogen.«
Mischa mag gar nicht mehr zuhören. Er ist froh, daß er endlich sitzt.
Wolfgang zieht nachdenklich die Karte aus seiner Jacke und betrachtet sie eingehend. Immer wieder wendet er sie hin und her, bis schließlich sein Auge auf dem Poststempel haftenbleibt.
»London« steht darauf in fetten Lettern. Um ein Haar hätte ihn der Schlag getroffen. Das darf doch nicht wahr sein, denkt er völlig perplex. So ein Luder! Eigentlich hätte er sich so was ja denken können. Er ärgert sich grün und blau, daß er auf diesen billigen Trick hereingefallen ist. Aber am peinlichsten ist ihm, daß er Mischa die Schlappe irgendwie gestehen muß. Das ist wirklich der Gipfel. Er kann sich Mischas hämisches Grinsen jetzt schon vorstellen. Deshalb sinnt er nach einem Ausweg.
»Mischa?« hebt er zaghaft an. »Findest du nicht auch, daß es hier recht langweilig ist?«
Mischa schaut ihn mit großen Augen an. Was hat denn das wieder zu bedeuten?
»Die ganzen Klapperlatschen wenn ich schon seh', wird's mir schlecht«, fährt er fort, »sag amal ehrlich. Das ist doch öde. Wollen wir nicht mal woanders hinfahren? Vielleicht irgendwohin, wo's regnet zum Beispiel. Vielleicht nach London?« Er versucht, betont harmlos dreinzusehen.
Aber Mischa merkt sofort, daß etwas faul ist im Staate Ohio. »Sag mal, du spinnst wohl. Das muß die Hitze sein. Anscheinend verträgst du die Sonne nicht. Du hast mich

mit dem Riesenspruch hierher nach Arabien geschleppt: Bauchtanz, Sandstürme, Kamele und so weiter. Und jetzt willst du plötzlich nach London. Ich sag' dir gleich, ich geh' hier nicht eher weg, bevor ich nicht ein Kamel zwischen den Beinen gehabt habe.« Sein Tonfall läßt keinen Zweifel daran, daß es ihm damit wirklich ernst ist.
Wolfgang versucht, sich geschickt aus der Affäre zu ziehen. »Wenn ich der Oma sag', daß wir hier auf Kamelen reiten für ihr Geld – die wird stocksauer.«
Aber Mischa läßt sich den Wind nicht aus den Segeln nehmen. »Quatsch! Das ist Bildung« behauptet er frech, »das macht uns zu Weltmännern.«
Wolfgang startet einen letzten Versuch. »Ach komm«, hebt er an, »schau mal, zum Fressen gibt es hier auch nichts Gescheites, und überhaupt, fahren wir doch lieber woanders hin, solange wir noch Geld haben.«
Aber Mischa bleibt eisern. »Ohne Bauchtanz und Kamel geht gar nichts«, sagt er bestimmt.
Vor allem auf das Wort Kamel ist Wolfgang allergisch, weil er sich selbst wie eins vorkommt. Wie um alles in der Welt konnte er bloß so blöd sein, sich von diesem Miststück Karin derartig leimen zu lassen! Am liebsten würde er ihr sofort den Hosenboden versohlen, wenn er sie nur zur Hand hätte.

Karin hat beim Unternehmen Juwelen inzwischen Fortschritte gemacht, wie es ihr scheint. Sie beugt sich leicht zu Christl.
»Ich glaub', er hat schon angebissen«, zischt sie ihr zu.
Christl ist leicht beschwipst und gluckst: »Ja, ich glaub' auch. Er ist schon ganz süchtig nach dir. Schau bloß, wie der dich dauernd anstarrt.«
»Findest du nicht auch, daß er irgendwie aussieht wie ein betrunkener Torero?« kichert Karin.

Christl findet das auch. »Aber eigentlich ist er doch ein schöner Mann«, prustet sie los.
Karin schenkt dem Scheich ein strahlendes Lächeln. »Ja, süß ist er schon. Zumindest für einen Araber. Echt lieb! Ich hab' immer gedacht, die wären alle so blöd, die Araber. Aber es gibt anscheinend auch nette.« Sie prostet ihm lächelnd zu. Was für ein Glück, daß er kein Deutsch versteht, sonst würde es um Karins Juwelen bestimmt schlecht aussehen.
»Na ja! Es gibt ja überall Nette«, bemerkt Christl altklug und leert ihr Glas auf einen Zug.
Sofort springt ein Lakai herbei, der es wieder füllt.
»Jetzt frag ihn doch endlich mal wegen dem Popstar«, drängt sie ungeduldig.
Karin seufzt. »Eins nach dem anderen. Du kommst schon noch zu deinem Popstar. Jetzt gib endlich Ruhe.«
Peterson findet es höchste Zeit, sich um seine Verträge zu kümmern, schließlich will er die beiden Mädchen nicht bis an sein Lebensende mit sich herumschleppen.
»Jetzt lassen wir mal die Popstars außer acht und kommen wir zum Geschäft«, meldet er sich zu Wort. Um gut Wetter zu machen, reicht er Fräulein Fendi eine Rose, die diese huldvoll annimmt. »Für die Blume aus dem Orient«, sagt er mit einem schmierigen Lächeln. Er schiebt dem Scheich ein zur Unterschrift bereites Dokument zu. »Schließlich muß ich mal sehen, wie ich zu meiner Bohrlizenz komme«, sagt er unvorsichtigerweise.
Worauf Fräulein Fendi die Blume sofort wieder fallen läßt. »Ach so ist das«, sagt sie spitz und schießt ein paar böse Blicke ab.
Peterson reicht dem Scheich den goldenen Füller, und dieser will das Dokument tatsächlich unterzeichnen, was Karin gar nicht gefällt.
»Auf der letzten Seite das Kreuz machen und stark durch-

drücken«, fordert Peterson den Scheich lächelnd auf. Offensichtlich denkt er, es mit einem Analphabeten zu tun zu haben.
Mit einer blitzschnellen Bewegung nimmt ihm Karin den Füller aus der Hand. »Nein, das hat Zeit«, verhindert sie die Unterschrift. »Wir wollen uns doch so einen schönen Tag nicht mit Geschäften verderben.« Sie schiebt Peterson ärgerlich die Dokumentenmappe hinüber. »Sei doch nicht immer so plump, Peterson«, faucht sie ihn an. »Das ist hier ein Picknick. Außerdem wollen wir alles schön der Reihe nach erledigen, gell? Erst die Diamonds, dann das Öl!«
Wolfgang hätte sich sicherlich gewundert, wie raffgierig seine Zukünftige sein kann.
Peterson ist stocksauer, daß sie ihm das Geschäft vermasselt hat. Er beschließt, sie bei der nächsten Gelegenheit zu vergiften. Diese gemeine Kuh!
Fräulein Fendi freut sich diebisch, durch diese Aktion ist ihr Karin entschieden sympathischer geworden. Klar soll sie ein paar Brillis kriegen. Hauptsache, Peterson geht leer aus.
»Schad', daß uns der Wolfgang nicht sehen kann«, sagt Karin zu Christl, »der würde sich schön ärgern.« Sie kichert in sich hinein und nimmt einen Schluck aus dem Glas.
»Ja, aber ehrlich«, stimmt ihr Christl bei, »und erst die Leute aus dem Dorf. Denen würden glatt die Augen herausfallen. Da würden wir gleich in der Dorfzeitung stehen.« Das ist eine Sache, die Christl besonders am Herzen liegt. Einmal in der Zeitung stehen, davon träumt sie schon lange.

Im fernen Orient hat Mischa sich durchgesetzt. Nachdem er von der Idee eines Kamelritts nicht abzubringen gewe-

sen war, hat Wolfgang sich dazu entschlossen, das Programm so schnell wie möglich hinter sich zu bringen. So reiten die beiden bei Sonnenuntergang auf den Wüstenschiffen durch die Landschaft und kommen sich mächtig gut und mutig dabei vor.
Wolfgang kann sich auf dem wackelnden Tier kaum halten und sucht verzweifelt nach einer Möglichkeit, sich irgendwo festzuhalten.
Mischa kommt sich vor wie Lawrence von Arabien höchstpersönlich und sitzt auf dem Kamel, als wäre er daran festgewachsen.
»Ist dir eigentlich klar, daß sich auf erotischem Gebiet schon seit vierzehn Tagen nichts mehr getan hat?« ruft er nach vorne zu Wolfgang, der immer noch mit seinem Tier kämpft und immer wieder nach vorne zu dessen Hals rutscht. Am liebsten wäre er abgestiegen, aber er will sich vor Mischa nicht blamieren, obwohl ihm die Arschbakken schon weh tun.
»Was, ist das schon so lange her?« ruft er zurück.
»Das ist dir natürlich noch nicht aufgefallen!« plärrt Mischa durch den Wüstenwind.
»Nein!« bestätigt Wolfgang. »Ich bin viel zu beschäftigt mit dem Viech da! Nirgends kann man sich festhalten, Herrschaftseiten! Scheißviecher!«
Er schimpft wie ein Rohrspatz. Das Kamel hat anscheinend inzwischen auch schon gemerkt, daß Wolfgang wehrlos ist. Es macht einen leichten Schritt zur Seite, so daß Wolfgang mit einem Fluch zu Boden stürzt. Da liegt er nun wie ein Maikäfer, der vom Baum gefallen ist.
»Kruzifix! Mistviech, elendiges!« wettert er los.
Mischa, hoch zu Kamel, könnte sich ausschütten vor Lachen. Wenigstens auf dem Kamel bleibt er mal Sieger, wenn er bei den Rennen schon immer nur zweiter wird. Das macht ihm richtig Spaß.

Wolfgang sitzt im Sand und putzt sich ab. »Was gibt es denn da so blöde zu lachen?« erkundigt er sich mißmutig.
»Jetzt stell dich doch nicht so an! Sei doch froh, daß du mal was von der Welt siehst«, lacht Mischa.
»Wenn du auf mich gehört hättest, dann wären wir schon lange in London«, brummt Wolfgang ärgerlich. »Du mit deinem Bauchtanz! Und von mir aus kannst du dein Kamel heiraten! Ich hab' jetzt die Schnauze voll von dieser Hitze und dem Dreck hier! Hast mich verstanden? Ich mag jetzt weg aus dieser Dreckswüste! Nix als Sand: Sand in Schuhen! Sand im Gewand! Überall Sand! In den Augen, im Arsch – überall Sand! Wir fahr'n jetzt! Ich mag nicht mehr! Und wenn es dir hier so gut gefällt, dann fahr' ich alleine. Das ist ja echt nicht zum Aushalten hier!«
Obwohl es Mischa im Orient eigentlich sehr gut gefällt und er zu gerne noch die Liebeskünste der Wüstenschönheiten probiert hätte, gibt er nach.
»Ist ja schon gut«, beruhigt er den Freund. »Du bist für so harte Sachen einfach nicht geboren. Das wahre Abenteuer ist halt nur was für richtige Männer. Fahr'n wir nach London! Ich weiß zwar nicht, was wir da sollen. Aber von mir aus. Fahr'n wir halt in Gottes Namen hin und trinken Tee.«

DRITTES KAPITEL

Hochzeitsdonner

Schon wenige Stunden später erfüllt sich Wolfgangs sehnlichster Wunsch.
Gemeinsam mit dem mißmutig dreinschauenden Mischa marschiert er durch den Londoner Nieselregen. Er wirkt ziemlich deplaziert in seinem Safari-Look. Aber in dieser wunderbaren Weltstadt kümmert das keinen Menschen.
Wolfgang scheint der Regen nichts auszumachen, denn er strahlt wie ein Honigkuchenpferd.
Mischa dagegen flucht innerlich. So ein Sauwetter. Er hat ärgste Bedenken, sich einen Schnupfen zuzuziehen, was bei diesem raschen Temperaturwechsel von Wüstenklima zu Regenkälte auch kein Wunder wäre.
Genauso ziellos wie zuvor in Tunis irren sie durch die Straßen. Mischas Magen knurrt wie ein hungriger Wolf. Die Verpflegung im Flugzeug war grauenhaft, und wie das Essen in England ist, möchte er sich nicht mal vorstellen. Nur das indische und das chinesische Food soll hervorragend sein. Davon träumt er, während er hinter Wolfgang hertrabt, der an diese menschlichen Notwendigkeiten keinen einzigen Gedanken verschwendet. Ihn interessiert nur Karin. Wo mag sie wohl stecken? Bestimmt ist es verflucht schwer, sie in dieser Riesenstadt zu finden. Doch er vertraut fest auf sein Glück und seinen Instinkt. Irgendwo in diesem Häusermeer muß sie sein, und er wird sie finden, und wenn er ihr Bild in die Zeitung setzen lassen muß.
Bei dem Gedanken, was sie wohl für ein Gesicht machen würde, wenn sie sich in einer Londoner Tageszeitung entdecken würde, muß er lachen. Aber noch hat er die Hoffnung, daß er sie in irgendeinem großen Juweliergeschäft

finden wird, nicht aufgegeben. Er beschließt, sich eine Liste von allen größeren Schmuckgeschäften zu besorgen. Wenn er ahnte, wie nahe er der Wahrheit damit kommt!

Gerade in diesem Moment fährt ein großer, schwarzer Rolls-Royce vor dem berühmten Cartier vor. Galant ist der Scheich Karin und Christl beim Aussteigen behilflich. Karin kann es noch gar nicht glauben. Wie das siebte Weltwunder betrachtet sie den für sie magischen Namen und flüstert andächtig das Zauberwort »Cartier«. Marylin Monroe hätte es sicher nicht besser gekonnt.
Der Scheich beobachtet wohlgefällig, wie sehr die Mädchen seine Wahl beeindruckt. Ihm macht es nichts aus, daß er sich die Girls sozusagen kaufen muß. Was machen ihm die paar Kröten schon aus, wo doch seine Ölquelle sprudelt und sprudelt? Selbst wenn Karin den ganzen Laden leerräumen würde, wäre er nicht wesentlich ärmer. Hauptsache, er kommt ans Ziel, und diese Karin hat es ihm angetan. Er findet sie ungeheuer sexy und hat nachts schon Fieberträume wegen ihr. Dieses gierige kleine Luder will er haben. Er hat ein Faible für unersättliche Frauen, und er hatte mit Wohlgefallen beobachtet, wie sie beim Picknick kräftig hingelangt hatte, nachdem Peterson verschwunden war. Er weiß genau, daß er ihm keine Schwierigkeiten machen wird. Mit einer kleinen Unterschrift kann er den lästigen Ehemann abschreiben, das ist ihm klar. Deshalb lächelt er Karin freundlich und einladend zu und hält ihr sogar höchstpersönlich die Tür zum Juweliergeschäft auf.
Im Geschäft sitzen drei Ladies mit großen Hüten vor einer Vitrine mit daumennagelgroßen Perlen und diskutieren eifrig. Ihre Ehemänner machen einen sehr bedauernswerten Eindruck. Einer schließt entsetzt die Augen, als seine Gattin zielsicher nach dem teuersten Collier greift. Be-

stimmt muß er mit diesem Geschenk für irgendeinen kleinen Fehltritt büßen, der arme Lord, oder was immer er sein mag.

Kaum entdeckt der Juwelier den Scheich vor dem Geschäft, läßt er alles stehen und liegen und eilt auf ihn zu, als wäre dieser die Queen persönlich. Den Damen scheint das gar nicht aufzufallen, so vertieft sind sie in die Betrachtung der edlen Perlen. Man merkt sofort, daß der Scheich des öfteren hier einkauft. Ehrfurchtsvoll verbeugt sich der Juwelier vor seinem Stammkunden.
»Hoheit, was für eine Freude, Sie zu sehen«, begrüßt er den Scheich formvollendet.
Seine Hoheit nickt gnädig und gibt Fräulein Fendi Anweisungen, dem Händler zu übersetzen, daß er seine besten Stücke aus dem Safe holen soll.
»Seine Hoheit freuen sich sehr, Sie wiederzusehen, und möchten gerne für diese beiden Damen ein paar besonders schöne Stücke erstehen«, hebt sie an. »Es soll etwas Außergewöhnliches sein. Sie verstehen. Das Beste ist gerade gut genug.«

Christl und Karin strahlen wie auf Kommando. Karin hat vor Aufregung schon ganz feuchte Hände.
Der Händler zählt im Geiste schon die Scheinchen, als er die Gruppe auffordert, ihm in den Raum zu folgen, wo nur die besonders edlen und teuren Juwelen gezeigt werden.
Karin kommt sich vor wie im Märchen. Am liebsten hätte sie sich gezwickt, um festzustellen, ob sie nicht doch vielleicht träumt. In Wirklichkeit hätte sie nie geglaubt, einmal in so ein vornehmes und exquisites Geschäft zu kommen. Sie kann vor Nervosität kaum schlucken. Nur zu gerne folgt sie den Herren. Nicht im Traum denkt sie daran, daß sie eventuell eine Verpflichtung eingeht, wenn

sie sich Schmuck schenken läßt. Sie hält das für eine allgemein übliche orientalische Sitte, die sie ganz reizend findet. Andächtig nimmt sie neben dem Scheich Platz und verfolgt gespannt, wie der Händler den Safe öffnet und einige samtbezogene Tabletts herausnimmt, die er vor ihr auf den Tisch legt. Was sie sieht, verschlägt ihr den Atem.
Armbänder, Ketten, Ringe und Broschen funkeln um die Wette. Sie traut sich die Juwelen zunächst gar nicht anzufassen, so wunderbar sehen sie aus. Sie schaut den Scheich mit großen Augen an.
Da er ihren Blick mißversteht, läßt er die Sachen wieder abräumen.
Karin hätte beinahe zu weinen angefangen, als der Schmuck wieder verschwindet. Aber als sie sieht, was der Juwelier jetzt auftischt, kehrt das selige Lächeln gleich wieder auf ihr Gesicht zurück. »Diamonds are a girl's best friends«, würde sie am liebsten singen. Diesmal läßt sie sich nicht lange bitten. Ohne viel Zeit zu verlieren, greift sie sich die Juwelen und hält sie sich an. Zwar zittern ihre Hände anfangs leicht, aber das legt sich rasch. Voller Begeisterung betrachtet sie sich im Spiegel. Wie das alles funkelt!
Auch Christl hält sich nicht zurück. Wenn das so ist, greift sie eben zu. Wer weiß, ob sie jemals wieder so eine Chance bekommt. Aber wer die Wahl hat, hat die Qual. Es ist nicht leicht, sich zu entscheiden, bei so einem reichen und wunderbaren Angebot.
Der Scheich freut sich an den Mädchen, die immer mehr in Ekstase geraten. Da er ein Gentleman ist, fordert er auch Fräulein Fendi auf, sich etwas auszusuchen. Zwar errötet diese schamhaft, aber dann steckt sie sich doch einen besonders schönen Diamantring an den Finger. Mit sicherem Griff hat sie sich das beste Stück gewählt. Hochkarätig und lupenrein strahlt der Stein mit ihren Augen

um die Wette. Der Wolfgang wird gucken, denkt Karin. Wenn sie sich nur entscheiden könnte.

Irgendwie ist es Mischa gelungen, Wolfgang nach Soho zu locken. Soho ist das St. Pauli von London, und Mischa fühlt sich wie im Paradies. Überall locken grelle Lichtreklamen, prangen verlockende Plakate mit halbnackten Damen. Er riecht förmlich nach Sünde.
Immer wieder versucht Mischa, den widerspenstigen Wolfgang in eins dieser Etablissements hineinzulocken. Aber der will lieber zur Tower Bridge. Vor einem wüst aussehenden Lokal bleibt Mischa stehen.
»Komm, da gehen wir jetzt rein«, lockt er den Freund, »das ist bestimmt ein ganz heißer Schuppen.«
Wolfgang hat absolut keine Lust. »Ach geh. Da steh' ich nicht drauf«, mault er störrisch.
»Aber mir steht's«, antwortet Mischa ungeduldig. Er will jetzt endlich mal was erleben und ein paar heiße Weiber kennenlernen.
»Was willst jetzt dauernd mit diesen Schweinereien«, schimpft Wolfgang weiter.
»Was heißt hier dauernd?« antwortet Mischa gereizt. »Es wird jetzt endlich mal Zeit, daß was passiert!« Mit diesen Worten läßt er Wolfgang einfach stehen und betritt das Lokal, so daß ihm nichts anderes übrigbleibt, als hinterherzulaufen.

Innen drin ist es ziemlich dunkel, weil gerade das Programm läuft.
Wolfgang und Mischa nehmen an der Bar Platz. Wolfgang glaubt seinen Augen nicht zu trauen: Auf der kleinen Bühne zieht sich ein junger Mann mit langsamen, aufreizenden Bewegungen aus. Untermalt wird seine Darbietung von erotischen Klängen aus der Musikbox. Mischa

ist sichtlich begeistert, was Wolfgang erst recht nicht versteht. Er findet die Show eher peinlich und außerdem eine reine Zeitverschwendung, wo doch irgendwo da draußen Karin schutzlos herumläuft. Mischa feuert den Stripper, der sich soeben aus seinem hellblauen Satinhöschen schält, mit spitzen Schreien an. Wolfgang schüttelt verständnislos den Kopf.
»Weißt, an wen mich der Typ da erinnert?« raunt er Mischa, der nur Augen für den Tänzer zu haben scheint, zu. »An den Bademeister aus unserem Schwimmbad. Jawoll! Der schaut genauso aus.«
Mischa brummt zustimmend.
»Bloß hat unser Bademeister keinen Teddybären in der Hand«, bemerkt Wolfgang spöttisch.
Aber Mischa ist nicht aus dem Konzept zu bringen. Der Stripper macht einige ziemlich obszöne Bewegungen.
»Das ist der Wahnsinn«, kommentiert Wolfgang das Geschehen. Er versteht beim besten Willen nicht, was daran toll sein soll. »Wenn meine Oma erfährt, wie wir das Geld hier sinnlos raushauen!« wirft Wolfgang ein. Er wagt den Gedanken gar nicht zu Ende zu denken.
»Deine Oma ist jetzt wirklich die letzte Frau, an die ich denke«, antwortet Mischa und verschlingt den Tänzer förmlich mit den Augen.
»Ja, du schon. Aber ich denk' die ganze Zeit an sie«, erwidert Wolfgang mürrisch.
Inzwischen hat das Programm gewechselt. Eine aufregende Blondine bietet einen Bauchtanz dar, der sich sehen lassen kann. Wie eine Schlange verbiegt sie geschmeidig ihre Glieder, schüttelt den Busen und läßt die Hüften kreisen.
Mischa hat nur noch Sternchen in den Augen und nur noch eines im Kopf. Deshalb winkt er auch nur lässig ab, als Wolfgang ihm mitteilt, daß er eben mal telefonieren ge-

hen muß, weil er angeblich die Oma anrufen will, um sie um Rat zu fragen. Mischa hat nur noch Augen für die Tänzerin, sein Puls rast, und er wäre am liebsten auf die Bühne gesprungen, um sie gleich dort niederzumachen.

Wolfgang begibt sich schnurstracks auf die Straße und schaut sich suchend um. Ein paar Häuser weiter entdeckt er einen Bobby, der langsam die Straße entlangschlendert. Das ist sein Mann. Eilig geht er zu ihm hin und begrüßt ihn umständlich. »Entschuldigen Sie bitte, Herr Bobby«, fängt er an. »Ich suche einen Juwelenladen in town. Und zwar einen Laden, in dem man Armbänder und Halsketten kaufen kann.« Dabei deutet er auf seinen rechten Arm.
Der Bobby versteht kein Wort, deshalb fängt Wolfgang von vorne an. »Wissen Sie, so ein Geschäft, wo die reichen Scheichs hingehen. Armbänder, Halsketten, Ringe und so weiter.«
Da der Bobby ihn noch immer ansieht wie ein U-Boot, versucht er es mit der Zeichensprache. Aber auch damit kommt er nicht weiter, außer daß der Polizist ihn langsam für einen gefährlichen Irren hält und langsam auf ihn zugeht und seinen Schlagstock fester in die Hand nimmt.
Wolfgang ist diese Bewegung nicht entgangen, deshalb nimmt er schleunigst Reißaus. So schnell er kann, läuft er davon, gefolgt von dem Bobby, dem aber bald die Luft ausgeht. Trotzdem läuft Wolfgang noch ein paar hundert Meter weiter. Sicher ist sicher.
Plötzlich ist er in einer ganz neuen Gegend, mit teuren Geschäften und elegant gekleideten Herren und Damen. Auf der gegenüberliegenden Seite ist ein schwarzer Rolls-Royce geparkt, der seine Aufmerksamkeit erregt. Er überquert die Straße und schaut sich die Luxuskarosse von allen Seiten an. Tolles Auto, denkt er. Liebevoll streichelt er

über den Lack und seufzt tief. So ein schönes Auto wird er wohl nie besitzen. Erst dann fällt sein Blick auf das Geschäft, vor dem der Wagen parkt. Es ist ein Schmuckladen bester Qualität.
»Zartier«, liest er halblaut den Namenszug, der über der Eingangstür auf den großen Glasscheiben mit Goldbuchstaben angebracht ist. Cartier – das kommt ihm irgendwie bekannt vor. Er putzt sich den Wüstenstaub von den Klamotten, zieht die Socken hoch und betritt kurzentschlossen das Geschäft. Sein Gefühl sagt ihm, daß er ganz nahe am Ziel ist.
Im Laden nimmt niemand Notiz von ihm, was wohl daran liegt, daß er nicht standesgemäß gekleidet ist. Der Verkäufer denkt, daß er bestimmt fürs Rote Kreuz sammelt oder so was.
Wolfgang läßt sich aber nicht entmutigen. Neugierig schaut er sich die ganzen Vitrinen an und bewundert die dort ausgestellten Schmuckstücke. Als zehn Minuten vorbei sind und sich immer noch niemand um ihn kümmert, ergreift er die Initiative.
»Entschuldigen Sie bitte«, macht er sich bemerkbar und klatscht herausfordernd in die Hände.
Der Verkäufer wendet sich widerwillig, aber lächelnd zu ihm und erkundigt sich höflich, mit was er ihm dienen kann.
»Entschuldigen Sie bitte die Störung«, hebt Wolfgang an, »aber ich suche meine Freundin. Die sieht sehr gut aus und ist ungefähr einssiebzig groß, und ich hab' gedacht...«
»Do you speak English?« unterbricht ihn der Verkäufer, weil er leider kein Wort versteht.
Wolfgang schüttelt bedauernd den Kopf. »Nein, tut mir leid. Aber wissen Sie, meine Freundin, die ist wahrscheinlich...«

»Are you looking for a watch?« unterbricht ihn der Herr erneut.

»Nein, das ist kein Quatsch«, entrüstet sich Wolfgang. Er empfindet es als Frechheit, daß der Mann seine Not als Quatsch abtut. »Das ist wirklich sehr ernst«, fährt er fort, »wissen Sie, sie hat gesagt, daß sie sich einen Scheich aufreißt, so einen Typen mit Sonnenbrille und Bettlaken auf dem Kopf.« Dabei fuchtelt er wieder mit den Armen herum.

Der Verkäufer glaubt endlich erraten zu haben, was der Mann sucht. »Aaah, you are looking for a collier«, stellt er aufatmend fest.

Wolfgang winkt ab. »Nein! Sie verstehen mich falsch. Ich such' die Karin. Und die geht nur in die besten Geschäfte, deshalb frag' ich ja, ob sie da war. Weil, wenn die sich mal was in den Kopf setzt, dann zieht sie das auch durch. Lassen Sie mich doch mal richtig aussprechen und warten Sie, bis ich fertig bin.«

Der Verkäufer würde sich am liebsten die Haare raufen, was will dieser Kerl bloß, der redet und redet und wild mit den Händen herumfuchtelt? Ratlos schaut er den jungen Mann an und überlegt bereits, ob er nicht den Sicherheitsdienst rufen soll, als aus den hinteren Räumen plötzlich ein lauter, glücklicher Seufzer erklingt.

Wolfgang ist mit einem Schlag hellwach. Diese kleinen, glücklichen Laute seiner Karin hätte er unter Tausenden herausgehört.

Karin seufzt erneut. Sie hat gerade ein besonders schönes Smaragd-Collier angelegt und findet es so traumhaft schön, daß sie ihrer Brust immer wieder neue Wonnelaute entringt. Wolfgang schaut sich suchend um, aus welcher Ecke diese Laute wohl kommen.

Der Verkäufer bittet ihn, Platz zu nehmen. Er wird ihm sofort einige schöne Stücke zeigen.

Wolfgang läuft ihm einfach hinterher. Sein Herz klopft wie wild. Er hat fast Angst, Karin wirklich hier zu finden.

Diese gibt dem Scheich gerade ein kleines Küßchen. Sie schwebt wie auf Wolken. So was Schönes wie dieses Collier hat sie noch nie gesehen. Immer wieder betrachtet sie sich hingebungsvoll im Spiegel. Deshalb bemerkt sie zunächst nicht, daß Wolfgang plötzlich vor ihr steht.
Die Stimme gehorcht ihm erst beim zweiten Anlauf. »Karin«, flüstert er leise und schaut sie liebevoll an. Momentan hat er nur Augen für sie. Den Scheich nimmt er nur am Rande wahr. Da sitzt sie, seine Angebetete, in voller Pracht.
Karin erwacht wie aus einem Traum.
»Was machst denn du hier?« fragt sie verwundert.
Plötzlich ist es heiß im Raum. Sie wäre ihm am liebsten an den Hals gesprungen, und sie muß ihre ganze Kraft aufbringen, um cool zu bleiben. Ihr Blick spricht Bände. Eine ganze Weile lächeln sie sich schweigend an, dann ergreift Karin das Wort. »Sag mal, hast du meine Karte gekriegt?« fragt sie etwas steif.
Das Lächeln auf Wolfgangs Gesicht gefriert langsam. »Ja, vielen Dank übrigens.« Am liebsten hätte er geweint.
»Und das Paket?« forscht sie weiter.
Er weiß nicht, von was sie spricht.
»Na, ich hab' dir doch so einen Karateanzug geschickt«, erkundigt sie sich weiter.
»Das wird wahrscheinlich in der Zeit angekommen sein, wo ich schon weg war«, antwortet er leise. Ihm tut das Herz weh, und zwar ganz schrecklich. Da reist er fast um die halbe Welt herum, um sie zu finden, und sie sitzt hier kalt lächelnd und redet von Postkarten und Paketen. Die Enttäuschung hätte tiefer gar nicht sein können.
»Na ja, die Post«, bemerkt Karin kühl. Dabei bebt sie in-

nerlich vor Aufregung. Sie könnte sich selbst ohrfeigen, weil sie sich so blöd benimmt. Aber sie ist einfach zu verwirrt. Auch sie hat einen mächtigen Klumpen im Hals, den sie aber tapfer runterschluckt. Gott sei Dank hält sich der Scheich heraus, denn sonst hätte es bestimmt eine Schlägerei gegeben, so angespannt ist die Situation.
Karin muß wirklich behämmert sein. »Sag mal, was machst du eigentlich hier beim Cartier?« fragt sie dümmlich. Der Gedanke, daß er auf der Suche nach ihr ist, scheint ihr nicht zu kommen.
Wolfgang will sich keine Blöße geben. »Ach, ich hab' auf der Reise so ein Mädchen kennengelernt, der ihr Vater ist irgend so ein Konservenmillionär. Stinkreich ist die und so nett. Und der wollt' ich jetzt eine Kleinigkeit kaufen.«
Das sitzt. Karin wird sofort sauer. Eifersucht steigt in ihr hoch, obwohl sie ja selber mit dem Scheich dasitzt.
»Woher hast du denn das Geld, für die was zu kaufen?« fragt sie säuerlich.
»Ach weißt du, ich habe eine Bankvollmacht«, behauptet Wolfgang frech. Irgendwie freut es ihn, daß sie sich so ärgert.
»Du läßt dich aushalten?« ruft Karin entsetzt aus. Ihr Gesichtsausdruck schwankt zwischen erstaunt und angewidert.
Wolfgang kann nur noch lachen. »Du bist gut«, wirft er ein, »was hängt denn da an deinem Hals? Ha?«
Karin weiß, daß sie in der Patsche sitzt, deshalb versucht sie abzulenken. »Das ist hübsch, nicht? Das hat er mir gerade geschenkt, und die ganzen Klunkern hier auch.« Sie streckt ihm ihre beringten Finger hin.
Wolfgang findet ihre Muffigkeit abscheulich. Er spürt direkt, wie es ihn in den Fingern kribbelt. Am liebsten hätte er ihr den Hosenboden versohlt. Aber er muß noch eine Spitze loswerden.

»Was ist denn das überhaupt für ein komisches Bettlaken da?« fragt er zynisch und deutet auf den Scheich.
»Das ist kein Bettlaken, sondern das trägt man, wenn man ein Scheich ist«, antwortet Karin entrüstet. Sie überlegt krampfhaft, wie sie ihm noch eins hineinwürgen könnte, so einen Zorn hat sie auf ihn. Plötzlich fällt ihr etwas ein. »Du! Der Scheich macht heute abend eine große Gala mir zu Ehren. Weißt, so ein arabisches Fest mit allem Drum und Dran. Auf seinem Schloß draußen. Magst nicht mit deiner Freundin vorbeikommen? Ich würde mich sehr freuen.« Dabei klimpert sie unschuldig mit den Augen.
Wolfgang hätte ihr am liebsten eine geschmiert. »Ich würd' schon gern«, antwortet er bitter, »aber ich komme kaum aus dem Hotel raus. Weißt, wir wohnen zur Zeit im Dorchester, weil der Landsitz, der wird gerade neu angestrichen, und du weißt ja, wie das so immer ist in den ersten Tagen. Trallala.« Er lächelt vieldeutig und macht eine bedauernde Geste. Innerlich würgt ihn der Herzschmerz, aber er lächelt tapfer.
Karin schaut immer böser, und es kostet sie Mühe, höflich zu bleiben. »Gerade deshalb wäre es ja gut, wenn du mal ein bißchen was von London und Umgebung sehen würdest und nicht nur die Decke«, erwidert sie sarkastisch.
Wolfgang lacht. »Na ja, ich glaub', die Decke sieht meistens sie.«
Karin ist sichtlich sauer, und das steigert seine Laune erheblich. Ganz egal kann er ihr also doch noch nicht sein. Trotz Bettlaken. Er hat eine Chance, und die wird er nützen. Bloß woher die angebliche Freundin nehmen und nicht stehlen?
»Ich kann's mir schon vorstellen«, lästert Karin erbost weiter. »Stehst wahrscheinlich richtig unter dem Pantoffel, gell?«

Wolfgang verzieht das Gesicht. Das kann er auf keinen Fall auf sich sitzenlassen. »Das würde ich nicht sagen«, antwortet er süffisant.
»Schaut aber so aus«, kontert Karin geschickt. Irgendwie muß sie dem Stier das rote Tuch ja hinhalten. Er läßt sich auch prompt provozieren.
»Ich hab' sogar ein eigenes Pferd«, lügt er weiter und ärgert sich, daß ihm der Rolls vor der Tür nicht gehört.
»Das freut mich aber, daß es dir so gutgeht«, bemerkt Karin spitz und wünscht sich heimlich, daß er beim nächsten Ausritt vom Pferd fällt.
Wolfgang grinst und hakt nach. »Einen Araberhengst hab' ich! Ist doch scharf, oder?« Er wirft einen scheelen Seitenblick auf den Scheich, was wohl heißen soll: genau wie du.
Aber Karin entgeht die Spitze, oder sie tut zumindest so. »Na, da haben wir es ja beide zu was gebracht«, antwortet sie bitter, und das Lächeln, das sie anzudeuten versucht, mißlingt kläglich.
»Das ist die Frage«, erwidert Wolfgang darauf und starrt auf seine Fußspitzen.
Karin ergreift den Spiegel und betrachtet ihre Juwelen darin. »Mir geht es auf jeden Fall nicht schlecht«, betont sie mit Nachdruck, und es klingt so, als würde sie sagen: »Die Beine sind zwar gebrochen, aber dafür hab' ich jetzt einen schönen Rollstuhl.«
Wolfgang schaut sie mit traurigen Hundeaugen an. Irgendwie fühlt er sich plötzlich doch wie ein Verlierer. Sie ist so kühl zu ihm, daß er es einfach nicht über sich bringt, sie in die Arme zu reißen und aus dem Laden zu schleppen.
Karin, der die Tränen langsam in die Augen steigen, fühlt, daß sie ihre Beherrschung bald verlieren wird. »Es war auf jeden Fall nett, daß wir uns wieder mal gesehen ha-

ben«, versucht sie, das Gespräch zu beenden. »Ja, und ich würde mich wirklich sehr freuen, wenn du auf die Party kommen würdest.« Sie schreibt ihm die Adresse schnell auf einen Zettel und drückt ihn ihm in die Hand.
»Also tschüs. Ich geh' dann«, verabschiedet er sich traurig.
»Schönen Gruß an deine Freundin«, ruft ihm Karin hinterher. »Und sag ihr, sie soll mit dir mal ein bißchen an die frische Luft gehen. Bist eh schon ganz blaß.«
Wolfgang dreht sich nicht mehr um. Er will nicht, daß sie sieht, daß er weint. Wie hatte er sich doch auf das Wiedersehen gefreut, und jetzt hat er das Gefühl, einem Eisberg begegnet zu sein. Was ist bloß geworden aus seiner Karin? Anscheinend hat sie ein Herz aus Stein und interessiert sich nur noch für Klunkern. Er kann es einfach nicht fassen.

Kaum daß er den Raum verlassen hat, fällt Karin das Gesicht zusammen. So schnell hat er sie also vergessen und gegen eine andere ausgetauscht! Nie hätte sie so was für möglich gehalten. Mit starrem Blick starrt sie in den Spiegel. Plötzlich erscheinen ihr die funkelnden Juwelen matt und glanzlos. Das ist also das Ende ihrer Liebe. Sie spürt, wie ihr Herz kracht und knirscht und ganz langsam zerbröckelt. Jetzt bleibt ihr wirklich nichts anderes mehr übrig, als vorwärtszuschauen und sich an den Scheich zu klammern. Wenn Wolfgang sie nicht mehr will, ist ihr Leben sowieso sinnlos geworden. Dann kann sie auch genausogut in einem Harem herumsitzen oder ins Kloster gehen. Warum hat er sie nicht mitgenommen, verprügelt oder sonst etwas in der Richtung. Wahrscheinlich hat er mich nie geliebt, denkt sie bitter. Sieben Jahre für nichts und wieder nichts. Wegen so einer Konservantante an den Rand gestellt zu werden ist mehr, als sie ertragen

kann. Sie schaut den Scheich wehmütig an, lächelt ein wenig und rafft die restlichen Juwelen an sich. Wenn es so ist, dann will sie alles. Aber Gold und Diamanten sind kein Heilmittel gegen Liebeskummer, auch wenn es noch so viele sind. Dem Scheich ist das nur recht, weiß er doch, daß er schon halb gewonnen hat.
Der Verkäufer ist gerade dabei, die gekauften Juwelen in Etuis zu packen, als Karin sich an Fräulein Fendi wendet. »Können Sie ihn vielleicht fragen, ob ich noch ein Pfund mehr haben kann von dem Zeug?« Sie hat das Gefühl, daß das, was sie bis jetzt hat, nicht ausreicht, um ihren Schmerz zu stillen.

Wolfgang steht noch eine ganze Weile vor dem Schmuckgeschäft und trocknet seine Tränen. Als er sich einigermaßen beruhigt hat, geht er langsam zurück in die Kaschemme, wo Mischa auf ihn wartet. Auf dem ganzen Weg versucht er sich zu trösten. Wahrscheinlich ist Karin doch nicht die Richtige für mich, und Besseres kommt nach, redet er sich selber ein. Doch tief in seinem Innern weiß er genau, daß es keine andere für ihn gibt.

In dem Club ist inzwischen der Teufel los. Mischa ist voll in seinem Element. Nachdem er etliche Whiskys gekippt hat, fällt schließlich die Hemmschwelle. Wollüstig wälzt er sich auf der Bühne herum und unterstützt die Stripperin bei ihrer Arbeit. Er kriegt noch nicht mal mit, daß sein Freund wieder da ist und traurig an der Bar steht.
Wolfgang beobachtet das Treiben und wundert sich einmal mehr über die Hemmungslosigkeit seines Kumpanen. Die Stripperin schaut wirklich nicht schlecht aus. Plötzlich bekommt Wolfgang eine Idee, denn inzwischen hat er sich durchgerungen, um Karin zu kämpfen und auf diesem arabischen Fest zu erscheinen. Aber dafür braucht er

natürlich weibliche Begleitung. Er mustert die Tänzerin eingehend und versucht, sie sich angezogen vorzustellen. Gar nicht übel, stellt er fest. Rasch nimmt er Mischa zur Seite.
»Du, paß mal auf! Du mußt mir die Biene für ein paar Stunden ausleihen«, verkündet er dem erstaunten Freund.
Mischa sieht das gar nicht ein. Schließlich hat er sich die Braut mühevoll aufgebaut und will jetzt erst mal mit ihr in die Federn.
Wolfgang läßt nicht locker. »Jetzt stell dich nicht so an. Ich brauch' sie ja nur für eine Nacht, dann kannst du sie ja wieder haben«, redet er auf Mischa ein.
»Bist du wahnsinnig? Such dir doch selber eine«, antwortet dieser ärgerlich, »glaubst du vielleicht, ich will noch mal stundenlang an eine hinarbeiten? Ich bin doch nicht blöde!«
Wolfgang erzählt ihm, was passiert ist. Daß er Karin mit ihrem Scheich getroffen hat und daß sie eingeladen sind auf einen Ball. Das ist natürlich was anderes.
»Verstehst. Die kleiden wir ein, und dann ist sie doch repräsentabel. Oder nicht?«
Mischa findet die Idee lustig. »Dann müssen wir uns aber auch ein paar Smokings ausleihen«, gibt er zu bedenken.
»Ach, das ist bestimmt kein Problem«, antwortet Wolfgang erfreut, »bestimmt gibt es hier irgendwo so einen Verleih! Komm, wir fragen einfach die Tussi!«
Er bestellt eine Flasche Champagner und bittet die Stripperin ins Séparée, wo er ihr den Plan auseinanderlegt. Nachdem die finanziellen Vereinbarungen ausgehandelt sind, stoßen sie auf den Plan an.
Elisabeth, so heißt sie, ist von der Idee mehr als begeistert. Erstens kommt sie so mal aus diesem stinkigen Laden heraus, und zweitens wittert sie betuchte Kundschaft.

Wolfgang nimmt ihr das Versprechen ab, sich auf dem
Ball anständig zu benehmen, dann machen sich die drei
auf den Weg, die nötige Kostümierung für den Ball zu besorgen, was allen dreien viel Spaß bringt.
Elisabeth könnte sich totlachen bei dem Gedanken, als
Millionärstochter vorgestellt zu werden. Das ist ja wie im
Kino.

Nachdem sie alles besorgt haben, gehen die drei mit in
Elisabeths Wohnung, um sich noch ein bißchen auszuruhen.
Wolfgang schmeißt sich im Wohnzimmer auf die Couch,
und Mischa verschwindet mit Lisbeth im Schlafzimmer
auf ein Hupferl.
Wolfgang freut sich schon so auf das Gesicht von Karin,
wenn er mit seiner angeblichen Geliebten auf dem
Fest auftaucht! Er findet, daß sie wirklich eine Strafe verdient hat, und ist schon sehr gespannt auf ihre Reaktion.
Falls sie nicht freiwillig mitkommt, entführe ich sie einfach aus dem Schloß, denkt er, während er in einen tiefen,
traumlosen Schlaf versinkt. Das wäre doch gelacht, wenn
ihm so ein dahergelaufener Scheich die Braut ausspannen könnte.

Seine Hoheit hat wirklich sämtliche Register gezogen.
Anscheinend ist ihm für Karin das Beste gerade gut genug.
Man könnte fast glauben, er feiert bereits seine Hochzeit
mit ihr.
Obwohl Karin aussieht wie eine arabische Prinzessin,
macht sie eher einen unglücklichen Eindruck.
Das Fest hat eben erst begonnen, und der Majordomus
stellt nacheinander die Gäste vor. Als erste meldet er Lord
und Lady Attenborough. Karin beachtet die beiden kaum,
obwohl sie sich wundert, daß selbst die englischen Ari-

stokraten der Einladung des Scheichs Folge geleistet haben. Gelangweilt nestelt sie an ihrem türkisfarbenen Schleier herum. Der Gedanke, in Zukunft immer in diesen orientalischen Gewändern herumlaufen zu müssen, gefällt ihr gar nicht. Man ist ja fast nackt in so einem Haremskostüm. Warum nur hat sie sich auf diese Sache eingelassen? Sie interessiert nur, ob Wolfgang kommt, sonst nichts.
Seine Hoheit scheint von ihrer Nervosität nichts zu bemerken, voller Besitzerstolz thront er neben ihr und tätschelt ihr von Zeit zu Zeit aufmunternd das Händchen.
»Duke and Duchess von Altenberry«, meldet der Diener die soeben eingetretenen Herrschaften mit klarer Stimme an.
Wenn Prinz Charles und Lady Di auch noch auftauchen, fress' ich 'nen Besen, denkt Karin und sieht sich rasch um, was Christl macht.
Die wartet voller Ungeduld darauf, daß ihr heißgeliebter Popstar endlich auftaucht. Diese Lords und Dukes können ihr gestohlen bleiben. Nervös kaut sie auf den sorgfältig manikürten Nägeln herum. Auch sie trägt ein recht freizügiges Haremskostüm. Ganz in Pink, weil das ihre Lieblingsfarbe ist. Süß sieht sie aus und sehr verführerisch.
Wenn der Popstar nicht anbeißt, muß er blöd sein, denkt Karin. Sie ringt sich ein Lächeln ab, das sie dem Scheich schenkt.
Er nickt den Gästen hoheitsvoll zu und konzentriert sich sofort wieder auf seine Angebetete. Im Geiste sieht er sich schon mit ihr im Brautgemach. Der Gedanke an die bevorstehenden Wonnen verursacht ihm eine Gänsehaut.
Soeben erscheinen Freunde von ihm am Eingang. »His Royal Highness, Prince Faruk with his daughter«, verkündet der Majordomus.

Der Scheich winkt ihm kameradschaftlich zu und gibt ihm ein Zeichen, in seiner Nähe Platz zu nehmen. Der kommt dieser Aufforderung gerne nach, weil er auf diese Weise in Christls Nähe rückt. Mit gierigen Augen und erhöhtem Puls starrt er auf ihr Dekolleté.
Seine Töchter mustern die Konkurrenz eingehend. Im Grunde können sie Europäerinnen nicht ausstehen, und das sieht man ihnen auch deutlich an. Schließlich ist die Zahl arabischer Prinzen auch nicht unbegrenzt. Da muß man rechtzeitig sehen, wo man bleibt. Sie tauschen ein paar vielsagende Blicke mit den anderen Frauen des Scheichs, die rund um ihn geschart sind.
Karin hat wirklich keinen leichten Stand, aber irgendwie tropft das ganze Geschehen von ihr ab.
»His Royal Highness Gordon«, wird der nächste Gast, ein äußerst dickleibiger Araber, gemeldet, dem man sofort ansieht, daß er den Genüssen dieser Welt mehr als zugetan ist. »300 Frauen«, flüstert der Scheich Karin ins Ohr.
Sie kann sich ein Lächeln nicht verkneifen. Die Vorstellung, wie dieses Faß seine 300 Frauen beglücken soll, ist wirklich zu drollig.
Zielsicher steuert er auf Christl zu und läßt sich neben ihr auf ein Kissen plumpsen, so daß es sie direkt ein Stückchen in die Höhe hebt. Aber sie hat jetzt keine Zeit für ihn, obwohl er ihr wirklich bedrohlich nahe rückt.
Soeben erscheint im Astronautenlook, mit Gipsperücke auf dem Kopf und Neongitarre in der Hand, ihr heißgeliebter Popstar in der Tür.
»Popstar Gaily Galaxy«, verkündet der Hofbeamte mit lauter Stimme.
Mit langsam wiegendem Schritt, die Gitarre erotisch schwingend, betritt er den Saal und geht langsam auf den Scheich und seine Damen zu. Es sieht fast aus, als würde er schweben. Im Nu ist die Hölle los. Kreischend stürzen

sich die anwesenden Damen auf ihn und versuchen ihn zu berühren. Er sieht wirklich aus wie ein Wesen von einem anderen Stern. Und auch die Show, die er bringt, ist phantastisch.

Christl, die die ganze Zeit nur auf ihn gewartet hat, bricht in Tränen aus, als er plötzlich ganz hautnah vor ihr steht und ihr tief in die Augen schaut. Die ganze Spannung der letzten Tage macht sich in diesem Tränenstrom endlich Luft und zerstört ihr Make-up. In dicken, schwarzen Bächen fließt die Wimperntusche über ihr liebes Gesicht. Sie weint vor Glück und lacht gleichzeitig dazu, was ihr etwas Rührendes gibt. Eine Schar schöner Mädchen umkreist Gaily tänzerisch, doch er hat nur Augen für Christl. Sie sieht einfach zum Anbeißen aus, wie sie so dasitzt und sich die Tränen von dem lachenden Gesicht wischt. Sie hätte ihm auch gefallen, wenn der Scheich ihn nicht dafür bezahlt hätte. Schließlich kniet er vor ihr nieder und legt ihr eine Rose zu Füßen, was die Mädchen zu lautem Kreischen und Christl zu noch mehr Tränen inspiriert.
Karin glaubt zu spinnen, als sie ihre Freundin so heulen sieht. Jetzt ist es also endlich soweit, daß Gaily ihr praktisch auf dem Silbertablett serviert wird, und was tut das dumme Luder? Sitzt da und heult. Trotzdem reicht sie ihr ein Taschentuch, worein sich Christl sofort kräftig die Nase schnaubt.
»Jetzt brauchst doch nicht mehr weinen«, versucht Karin sie zu trösten, »jetzt ist er doch da. Wie ich es dir versprochen habe.«
»Hast du ihn gesehen«, schluchzt Christl, »wie er mich angeschaut hat und mir die Rose hingelegt hat? Das glaubt mir daheim kein Mensch. Ist er nicht wunderschön? Ach – ich liebe ihn so wahnsinnig. Ich will nie wieder einen anderen. Diese Augen – so traurig und lieb.

Hast du sie gesehen? Karin – ich bin ja so glücklich!« Ein erneuter Weinkrampf schüttelt ihre zarten Schultern.
Karin ist gerührt. Was würde sie dafür geben, wenn sie auch so vor Glück weinen könnte! Aber ihr Herz ist abgestorben, seitdem sie weiß, daß Wolfgang eine andere hat. So schaut sie Christl etwas wehmütig hinterdrein, als Gaily sie bei der Hand nimmt und in eine Ecke zieht, wo er ungestört mit ihr reden kann. Deshalb verpaßt sie leider den Auftritt von Peterson und Zachi.

Beide haben sich mächtig in Schale geworfen. Peterson trägt einen silberdurchwirkten Umhang und sieht aus, als wolle er auf einen Faschingsball. Von Zachi ganz zu schweigen. Weiß der Geier, warum er sich als Sarotti-Mohr verkleidet hat. Karin überlegt nur, mit was er sich das Gesicht wohl schwarz gemacht hat, und hofft in seinem Interesse, daß es keine Schuhwichse ist.
»Mr. Chris Peterson, President of the Multi-Oil-Company, West Germany, with secretary!« werden sie angemeldet.
Peterson gibt anscheinend nie auf. Als hätte er noch niemals versucht, den Scheich hereinzulegen, geht er strahlend auf ihn zu.
»Ist sie nicht göttlich? Wir hätten ihr einen Exklusiv-Vertrag anbieten sollen«, raunt er Zachi zu. Der brummelt nur mißmutig, obwohl er zugeben muß, daß Karin, umrahmt von Haremsdamen, in ihrem prächtigen, perlenbestickten Kleid einen atemberaubenden Anblick bietet.
»Salem alaikum«, begrüßt Peterson den Scheich und verbeugt sich untertänigst. »Komm, verbeug dich«, zischelt er Zachi zu, der anscheinend nicht so recht will. Bestimmt kommt er sich in der Kostümierung selbst etwas lächerlich vor. Schließlich gibt er aber doch nach und verbeugt sich zähneknirschend.

Karin sieht das nicht ungern.
»Wenn ich mir vorstelle, wie das damals in Bayern alles angefangen hat«, flüstert er Zachi zu, »ich könnte mir noch jetzt die Haare ausreißen, wenn ich daran denke. Aber jetzt ist es wohl zu spät, alles wieder einzurenken, oder? Was meinst du?« Zachi lächelt honigsüß und zischt durch die Zähne. »Schau sie dir doch an, diese Schlampe. Sitzt da wie die Königskobra. Da ist nichts mehr für uns zu holen.«
Peterson seufzt tief. »Ich glaube, du hast recht. Aber die Party ist ja noch nicht zu Ende. Vielleicht warten wir, bis sie alle betrunken sind, und holen uns dann eins, zwei, drei schnell die kleine Unterschrift.«
Wie zwei Diebe stehlen sie sich aus Karins Blickfeld und tuscheln ungeniert weiter.
Dieses Fest wäre für Juwelendiebe sowieso das reinste Schlaraffenland. Was da an den einzelnen Damen so glitzert und funkelt, ist gut ein paar Milliönchen wert. Peterson spielt fast mit dem Gedanken, das Metier zu wechseln.

Noch eine lange Reihe hochgeborener Gäste wird gemeldet, doch Karin langweilt sich in zunehmendem Maße. Würde sie Christl damit nicht den Abend verderben, würde sie das Fest bestimmt abbrechen. Um ihre Langeweile und ihren Schmerz zu betäuben, schüttet sie ein Glas Champagner nach dem anderen in sich hinein, bis sie das ganze Fest wie durch einen Schleier wahrnimmt. Es ist ihr egal, daß der Scheich immer intensiver ihre Hand streichelt und ölige Küsse daraufdrückt. Soll er doch, wenn es ihm Spaß macht, denkt sie teilnahmslos. Das ganze Fest langweilt sie maßlos.
Plötzlich durchzuckt es sie wie ein Blitz. Das, worauf sie nicht mehr zu hoffen gewagt hat, tritt ein. Wolfgang er-

scheint im weißen Dinnerjackett, das ihm hervorragend steht, gefolgt von Mischa, der einen phantastisch sitzenden Smoking trägt. Mit der rechten Hand hält Wolfgang ein weibliches Wesen umklammert, das in zitronengelben Chiffon gehüllt ist und einen großen, weißen Hut trägt. Sie wehrt sich zwar heftig, weil sie wohl Schiß vor den vielen feinen Leuten hat, doch Wolfgang zieht sie gnadenlos hinter sich her. Mit eisernem Griff umklammert er ihre Hand wie ein Schraubstock.
Karin muß unwillkürlich an König Drosselbart denken. Der soll ja seinerzeit auch nicht gerade zart mit Damen umgegangen sein. Gespannt verfolgt sie das Schauspiel. Merkwürdig, daß sich das Mädchen so aufführt, überlegt sie schadenfroh. Irgendwas muß da faul sein. Sie nimmt ihren ganzen Mut zusammen und lächelt Wolfgang und seiner Begleiterin freundlich und einladend entgegen. Haltung bewahren, redet sie sich selber gut zu und setzt sich in ihrem Thronsessel zurecht, als sei sie die Königin von Saba höchstpersönlich.

Wolfgang glückt es schließlich doch noch rechtzeitig, Lisbeth zu zähmen.
Der Majordomus, der offensichtlich keine neuen Gäste mehr auf seiner Liste hat, will ihnen den Eintritt verwehren. Er erkundigt sich nach der Einladungskarte und macht Wolfgang darauf aufmerksam, daß Smoking verlangt ist, was diesen aber recht wenig interessiert. Noch bevor der verdutzte Mann überhaupt reagieren kann, hat Wolfgang ihm den Zeremonienstab schon aus der Hand genommen und stampft damit dreimal auf den Boden.
»Herr und Frau Löwenbräu mit Freund«, stellt er sich selbst dem überraschten Publikum vor.
Wäre Karin nicht so eifersüchtig, würde sie dieser bühnenreife Auftritt sicherlich zum Lachen reizen. Aber so

wendet sie sich nur mit einem begütigenden Lächeln an den Scheich, der gerade seinem Leibwächter Anweisungen erteilt. Sie schaut ihn so flehend an, daß dieser schließlich den Mann wieder zurückpfeift. Karin atmet erleichtert auf und nimmt sofort ihre hoheitsvolle Haltung wieder an. Jetzt will sie sich dieses komische Weib, das Wolfgang da dabeihat, doch mal aus der Nähe betrachten. Sie schaut wie eine Tigerkatze, die gleich zum Sprung ansetzt, während sie die eher schüchterne Lisbeth mustert, die ständig versucht, sich hinter Mischa oder Wolfgang zu verstecken.
»Guten Abend, Herr Scheich, guten Abend, Karin«, begrüßt Wolfgang die beiden. »Darf ich vorstellen – das ist meine Freundin Lisbeth. Comtess Elisabeth von Guinness.«
Lisbeth lächelt verschämt und versucht sofort wieder auszubüchsen. Doch Wolfgang hält sie fest. »Komm, mach schön einen Knicks«, raunt er ihr zu. Lisbeth gehorcht augenblicklich und schaut dann wieder zu Boden. Sie fühlt sich wie nackt unter Karins Röntgenblick. Obwohl das ein Zustand ist, an den sie eigentlich gewöhnt sein müßte, hat sie im Leben noch nie so einen Streß durchgemacht, und es tut ihr leid, daß sie nicht die doppelte Gage verlangt hat.
Mischa tut so, als würde ihn das alles nichts angehen. Er schaut sich ungeniert in der Runde um und freut sich, daß so viele Bauchtänzerinnen da sind. Das verspricht ein interessanter Abend zu werden. Mit unverhohlenem Wohlgefallen mustert er die anwesenden Damen, was diese zu nervösem Kichern veranlaßt. Hätte er geahnt, daß alle diese reizenden Geschöpfe in den Harem des Scheichs gehören, hätte er sicher nicht gewagt, so unverschämt zu flirten. Man weiß ja, wie eifersüchtig die Wüstensöhne ihre weiblichen Schätze behüten.

Wolfgangs Blick ist herausfordernd. Zwar würde er Karin am liebsten den Hintern versohlen, doch er findet sie in ihrem Haremskostüm traumhaft schön. Wie eine Königin kommt sie ihm vor.
»Hast du die in der Lotterie gewonnen?« erkundigt sich Karin sarkastisch. Sie würde nie zugeben, daß sie Lisbeth eigentlich recht hübsch findet.
Aber Wolfgang fängt den Ball auf. »Hübsch, nicht?« wendet er sich mit liebevollem Blick an Lisbeth und hebt ihre Hutkrempe hoch, so daß man mehr von ihrem wirklich sehr niedlichen Gesicht sehen kann.
Es kommt bestimmt nicht oft vor, daß Lisbeth errötet, aber jetzt nimmt ihr Gesicht die gesunde Farbe eines Apfels an. Karin hat Mühe, ihre Wut zu zügeln. »Ja, ja! Ich finde, sie sieht so richtig englisch aus. Und hat auch so viel Geschmack«, kontert sie.
Wolfgang nimmt Lisbeth zärtlich in den Arm. »Weißt, das ist halt das blaue Blut«, antwortet er geschmeidig. »Sie kommt ja wirklich aus einer ganz edlen Familie. Ihr Stammbaum geht zurück bis Cromwell«, lügt er frech.

Mischa starrt Löcher in die Decke. Er muß sich tierisch zusammenreißen, um keinen Lachkrampf zu bekommen. Wie blöd sind doch Verliebte, denkt er belustigt. Hoffentlich passiert mir nicht auch mal so eine Peinlichkeit.
»Ich muß dir ehrlich sagen, so was Schönes wie die hab' ich selten gesehen«, fährt Karin unbeirrt fort. Sie hätte der Rivalin am liebsten die Augen ausgekratzt, wenn sie sich damit keine Blöße gegeben hätte. Aber den Gefallen tut sie ihm nicht.
»Ist ja auch kein Wunder, bei der Familie«, bemerkt Wolfgang voll gespieltem Besitzerstolz und zieht seine angebliche Braut fester an sich.

Mischa wird das Theater schließlich zu blöd, mit einer leichten Verbeugung geht er in Richtung Buffet ab. Er braucht jetzt erst mal einen Drink.

Karin ist jetzt in einem Stadium, wo ihr alles recht ist, Hauptsache, sie kann Wolfgang etwas reinwürgen. Mit einem gefährlichen Glitzern in den Augen beugt sie sich leicht nach vorne und legt ihre Hand lässig, aber besitzergreifend, auf das Knie vom Scheich.
»Hab' ich dir schon gesagt, daß er um meine Hand angehalten hat?« fragt sie herausfordernd.
Das sitzt. Wolfgang wird eine ganze Spur blasser. »Wer?« fragt er etwas bedröppelt.
»Na, der Scheich«, klärt Karin ihn auf. Es ist ihr nicht entgangen, daß Wolfgang die Farbe gewechselt hat, deshalb legt sie schnell noch etwas dicker auf. »Ja, er hat mich gefragt, ob ich ihn heiraten will«, lügt sie unverfroren weiter, »und er ist unvorstellbar reich und sooo lieb. Wir werden bestimmt sehr glücklich. So reich wie dein komischer Zitronenkrapfen ist er auf jeden Fall.«
Der Zitronenkrapfen bezieht sich wahrscheinlich auf das gelbe Gewand von Lisbeth, in dem sie übrigens ganz süß aussieht.
Wolfgang ist sprachlos. »Sag mal, hast du keine Angst vor diesem dunklen Typen? Der schaut doch echt gefährlich aus«, bringt er schließlich mühsam hervor.
Karin lacht gekünstelt. »Wieso? Ich hab' mich doch vor dir auch nicht gefürchtet.« Das alles kommt ihr vor wie ein böser Traum. Sie hört sich selber reden und haßt sich für den Blödsinn, den sie verzapft. Warum nur kann sie nicht einfach aufstehen, ihm sagen, daß sie ihn liebt, und mit ihm gemeinsam dieses Alptraumfest verlassen? Irgendwie hat sie die Kontrolle über sich selbst verloren. So hört sie sich weiterhin beim Reden zu und könnte sich

nach jedem Wort die Zunge abbeißen. »Ich hoffe, daß du sehr glücklich wirst mit ihr«, hört sie sich sagen. »Aber bitte krieg keine Kinder. Das wäre furchtbar!«
Lauter sinnloses, böses Zeug redet sie daher, während ihr innerlich das Herz fast zerspringt.
Auch Wolfgang hat einen dicken Kloß im Hals. Er ringt nach Worten, will etwas erwidern, doch seine Kehle ist wie zugeschnürt. Eine Weile starrt er schweigend vor sich hin, dann nimmt er die Leihfreundin bei der Hand. »Komm, Lisbeth, das brauchen wir uns nicht gefallen zu lassen«, sagt er schließlich traurig. »Wir gehen rüber zum kalten Buffet.«
Karin hat anscheinend noch nicht genug angerichtet. »Und häng die Spiegel ab, wenn du nach Hause kommst!« ruft sie den beiden giftig hinterher. »Damit sie sich nicht erschreckt, wenn sie in der Frühe aufwacht!« Sie hebt ihr Glas und prostet Wolfgang hinterher.
In ihren Augen schimmert es verdächtig feucht, und sie leert das Glas auf einen Zug. Warum bin ich nur so unfaßbar doof, denkt sie verzweifelt. Da sitze ich hier und schwinge große Reden, schlage mein Glück entzwei und schaue bewegungslos zu, wie mir der Geliebte mit einer anderen davonläuft. Am liebsten wäre sie vor Scham und Gram im Erdboden versunken oder tot umgefallen. Bitte, komm zurück, schreit sie innerlich, doch ihre Lippen bleiben stumm. Krampfhaft umklammert sie ihr Glas, das der Scheich sofort nachfüllen läßt, sobald sie es geleert hat. Und sie trinkt schnell. Nur noch betäuben will sie sich, denn sie ist sicher, daß ihr Glück ein für allemal zerbrochen ist. Wenn sie sich überlegt, was sie alles gesagt hat – grauenvoll. So was kann kein Mann wegstecken. Wie in einem Film ziehen die vergangenen glücklichen Jahre an ihrem geistigen Auge vorbei. Es kommt ihr so vor, als hätte es nur glückliche Stunden gegeben, und das

alles soll unwiderruflich verloren sein? Ihr Zustand ist wirklich erbärmlich. Wenn das Fest vorbei ist, nehme ich mir das Leben, beschließt sie bei sich. Die Vorstellung, daß damit der Schmerz, der in ihr wütet, ein für allemal vorbei sein wird, macht sie fast wieder ruhig. Völlig erschöpft von dem innerlich tobenden Krieg lehnt sie sich an den Scheich.
Dieser mißversteht die Geste gründlich und legt voller Besitzerstolz den Arm um sie. Für ihn ist die Schlacht gewonnen. Den Nebenbuhler würdigt er keines Blicks mehr. All seine Aufmerksamkeit gilt jetzt Karin, der es völlig egal ist, daß er ihr zärtlich den Arm streichelt.

Auch Wolfgang befindet sich in einem traumähnlichen Zustand. In ihm toben die widersprüchlichsten Gefühle. Wut, Zorn, Enttäuschung, Liebe, Angst und Kampfeslust wechseln sich ab und machen ihn fast schwindelig. Es kann einfach nicht sein, daß alles vorbei ist und dieses windige Bettlaken seine schöne Karin in seinen Harem entführt. Wenn er bloß wüßte, ob sie ihn noch liebt. Immer wieder dreht er sich nach ihr um und schaut ihr zu, wie sie ein Glas Champagner nach dem anderen in sich hineinschüttet, viel zu laut lacht und dann wieder bleich, mit ausdruckslosem Gesicht, in den Armen des Scheichs liegt. So sieht doch keine glückliche Braut aus! Aber wie soll er ihr sagen, daß er sie über alles liebt? Hier, mitten unter all diesen Leuten, die gar keine Ahnung haben, welches Drama sich vor ihren Augen eigentlich abspielt. Hilfesuchend schaut er sich um. Mischa ist auch nirgends zu entdecken. Wenn man seine Freunde schon mal braucht, sind sie nicht da, denkt er bitter.
Plötzlich entdeckt er einen riesigen Gong. Je länger er ihn anschaut, um so deutlicher kristallisiert sich ein Gedanke in seinem Kopf. Jawoll! So könnte es gehen.

Er bittet Lisbeth, einen Moment auf ihn zu warten. Sie will gerade protestieren, denn sie fühlt sich nicht wohl in dieser Gesellschaft, aber er ist schon weg. Entschlossen greift er sich den Schläger und haut mit aller Kraft auf den Gong. Wie ein Donner hallt das Geräusch durch den Saal. Mit einem Schlag kommt die Party zum Erliegen. Alle Gäste drehen sich erwartungsvoll um und blicken gespannt zu Wolfgang, der aber nur Karin sieht. Das laute Geräusch hat sie aus ihrer Lethargie gerissen. Als sie begreift, daß Wolfgang diesen Lärm macht, setzt sie sich überrascht auf. Was hat das zu bedeuten? Zwischen ihr und Wolfgang herrscht atemlose Spannung, keiner von beiden nimmt auch nur das Geringste von der Umgebung wahr. Plötzlich gibt es wieder nur noch sie beide auf der großen weiten Welt. Karins Herz pocht wie verrückt.
»Karin, ich liebe dich, und ich möchte dich heiraten«, plärrt Wolfgang durch den Saal.
Die Worte klingen wie Kirchenglocken in ihren Ohren. Wie von selbst steht Karin auf und beugt sich leicht nach vorne, so als lausche sie noch mal auf die Worte, um zu prüfen, ob sie sich auch ja nicht verhört hat.
Aber nein! Das, was da eben zu ihr gedrungen ist, war eindeutig ein Heiratsantrag.
Einen Moment lang ist sie fassungslos. Zu lange hatte sie auf diesen Augenblick warten müssen.
Aber dann explodiert die Freude in ihr wie ein Feuerwerk. Es ist ihr egal, was die Leute oder der Scheich oder Christl womöglich von ihr halten. Mit einem lauten Freudenschrei stürzt sie auf Wolfgang zu und fällt ihm um den Hals. Sie küssen sich leidenschaftlich. Wolfgang reißt sie in seine Arme und trägt sie im Laufschritt aus dem Saal, damit ihm nur ja keiner im letzten Moment doch noch einen Strich durch die Rechnung macht. Er kann sich nicht

erinnern, jemals zuvor in seinem Leben so glücklich gewesen zu sein, und ihr geht es genauso. Jubelnden Herzens verlassen die beiden das Schloß und fliehen in ihre gemeinsame Zukunft.

An einem wunderschönen Sommermorgen ist es dann endlich soweit. Die Sonne strahlt mit Karin um die Wette, und fast das ganze Dorf ist zur Trauung erschienen. Karin hat sich für die Zeremonie eine wunderschöne, auf einem Hügel gelegene kleine Barockkapelle ausgesucht. Romantischer geht es wirklich nicht. Die Kirchenglocken erklingen festlich über das ganze Tal und erinnern auch die Daheimgebliebenen, daß heute Karins großer Tag ist. Die ganze Woche vorher war sie mit hektischen Hochzeitsvorbereitungen beschäftigt gewesen. Wie eine Jungfrau hatte sie sich aufgeführt und Wolfgang auch nicht eine Nacht gestattet, das Bett mit ihr zu teilen. Der arme Kerl mußte die ganze Woche bei der Oma schlafen. Karin hatte in der Zwischenzeit Einladungskarten für die Hochzeitsfeier geschrieben und verschickt und sich überlegt, wie das Brautkleid aussehen soll. Schließlich heiratet man nur einmal im Leben. Zumindest gehört sie zu diesen altmodischen Mädchen, für die das Wort »Bis daß der Tod uns scheidet« kein leeres Geschwätz ist.
Nächtelang ist sie wach gelegen und hat überlegt, ob sie auch ja keinen Fehler macht. Aber das Gefühl für Wolfgang hat ihre Bedenken jedesmal besiegt. Selbst nach eingehendster Prüfung war das Ergebnis immer dasselbe. Wolfgang ist und bleibt der Mann ihres Lebens, und sie hofft, daß es ihm genauso geht. Tagelang hat sie die Schneiderin mit ihren Wünschen genervt, denn sie will bei ihrer Hochzeit aussehen wie eine leibhaftige Prinzessin. Das Kleid besteht aus zig Metern teerosengelber Spitze mit einem langen, weiten Rock. Als Blumen-

schmuck hat sie sich Seerosen ausgesucht, weil das die schönsten Blumen sind, die sie kennt.
Als sie sich am Hochzeitsmorgen im Spiegel betrachtet, beschließt sie, daß ihre erste Tochter Undine heißen soll, weil das ihr Lieblingsmärchen ist.

Wolfgang kann es kaum fassen, als sie ihm in der Kirche zugeführt wird, obwohl er plötzlich Angst vor der eigenen Courage hat. Wie die Unschuldslämmer stehen die beiden vor dem Traualtar.
Der Pfarrer spricht, mit unverkennbarer Rührung in der Stimme, die folgenschweren Worte.
»Willst du, Wolfgang, die hier anwesende Karin zu deiner Frau nehmen, sie ehren und ihr beistehen in guten sowie auch in schlechten Tagen und ihr die Treue halten, bis daß der Tod euch scheidet?«
Wolfgang ist anscheinend mit seinen Gedanken woanders, denn er antwortet nicht sofort. Nachdem er sich ein paarmal geräuspert hat, bringt er schließlich doch ein klares und deutliches »Ja« hervor.
Karin ist sein Zögern nicht entgangen, und sie wirft ihm einen ängstlichen Blick zu. Vielleicht hat er doch Bedenken.
Der Priester ist anscheinend an solche kleinen Pausen bei seinen männlichen Klienten gewöhnt, denn er fährt unbeirrt fort, indem er das Wort an Karin richtet, die am liebsten sofort »ja« geplärrt hätte, ohne sich den langen Spruch erst anzuhören.
»Willst du, Karin, den hier anwesenden Wolfgang zu deinem Ehemann nehmen, ihn allezeit ehren und achten und ihm die Treue halten in guten wie in bösen Tagen, bis daß der Tod euch scheidet, dann sprich ein ›Ja‹.«
Für Karin gibt's da gar nichts zu überlegen. »O ja! Ich will!« antwortet sie, ohne zu zögern, und strahlt Wolfgang

mit glänzenden Augen an. »Das weißt du schon, daß wenn du jetzt gelogen hast, kommst du in die Hölle«, ermahnt sie Wolfgang, dem vor allem der Treuepassus Kopfschmerzen bereitet. Ob er sich daran gewöhnen kann? Eigentlich findet er es ja ein starkes Stück, daß die Kirchenväter einen mit diesem Passus gefährlich in die Nähe des Meineids bringen. Unverantwortlich, wenn man es sich genau überlegt.
Karin streckt ihm erwartungsvoll die Hand hin. Es wird jetzt Zeit für den Ehering. Hektisch fängt Wolfgang zu suchen an. Wo hat er das dumme Ding bloß hingesteckt? Karin verliert langsam die Geduld, als sie ihn so in den Taschen herumkramen sieht. Entsetzt sieht sie die angebrochene Cognacflasche, die er anstatt des Ringes aus der Tasche zieht. Er wird sie doch mitgebracht haben? Ihr Blick wird immer ängstlicher. Ob das kein schlechtes Zeichen ist? Aber dann findet er die Ringe doch noch. Karin atmet erleichtert auf. Nicht auszudenken, wenn die Hochzeit in letzter Sekunde geplatzt wäre. Liebevoll steckt er ihr den Ring an den Finger. Für sie ein Gefühl, als hätte er ihr eine Krone aufgesetzt.
Komisch, daß viele Mädchen die Eheschließung als die Krönung ihres Lebens betrachten.
Wolfgang guckt zwar ein bißchen wehmütig, als sie ihm kurz darauf seinen Ring über den Finger streift, küßt sie dann aber um so inbrünstiger. Für sie ist es der größte Triumph ihres Lebens, und sie ist fest entschlossen, ihren Wolfgang nach Kräften glücklich zu machen.

Die beiden sind aber auch wirklich ein schönes Paar. Glücklich strahlend ziehen sie aus der Kirche aus. Wolfgang zeigt Mischa stolz seinen Ehering, was diesen zu einem wehmütigen Lächeln veranlaßt. Da geht er also hin, der Freund. Ein für allemal an ein Weib gefesselt.

Bei Wolfgangs Oma, die Rotz und Wasser heult, macht das frisch getraute Paar halt. Wolfgang umarmt die Ehestifterin und gibt ihr ein dickes Bussi.
»Danke, Oma«, haucht er ihr ins Ohr.
Sie zerquetscht noch ein paar Tränen mehr und umarmt ihre neugewonnene Enkelin. Wahrscheinlich ist die Erinnerung an ihre eigene Hochzeit vor so vielen Jahren wieder in ihr wach geworden.
Karin drückt sie fest an sich, denn sie versteht, was in der alten Frau wohl vorgeht.
Draußen vor der Kirche hat der Stockcar-Club seine Wagen im Spalier aufgebaut und begrüßt das frischgebackene Brautpaar mit Hochrufen und lautem Gehupe. Karin ist sichtlich gerührt und drängt sich dichter an Wolfgang. Dann dreht sie sich um und wirft den Brautstrauß. Christl strahlt wie ein Honigkuchenpferd, als sie ihn auffängt. Der Sage nach wird sie also die nächste Braut sein. Glücklich drückt sie das Bouquet an sich und winkt Karin fröhlich nach, als diese mit Wolfgang durch das Spalier schreitet.
Die Kapelle fängt an zu spielen, und Wolfgang und Karin tanzen auf einer abschüssigen Wiese ihren Hochzeitstanz. Wie im Taumel drehen sich die beiden im Kreis und strahlen sich glücklich an. Es ist der schönste Tag ihres Lebens.

Vom vielen Drehen müde geworden, sinken die beiden schließlich unter lautem Applaus zu Boden. Mit einemmal sitzt Karin ganz steif da. So, als hätte sie etwas ausgefressen, schaut sie Wolfgang an.
»Wolfgang«, hebt sie vorsichtig an.
»Was ist denn, Liebling?« erkundigt er sich sanft.
»Ich sitz' in einem Kuhfladen drin«, antwortet sie kleinlaut.

Aber er schmunzelt nur. »Ach geh, Tschapperl. Das bringt doch Glück«, behauptet er einfach und drückt ihr einen Kuß auf den Mund.
»Meinst wirklich?« will Karin wissen.
Statt einer Antwort drückt er sie ins Gras und küßt sie leidenschaftlich. Und die Welt versinkt um die beiden in rosigen Schatten.

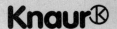

Paretti, Sandra
Maria Canossa
Maria Canossa – eine Frau sucht das Glück in einer Zeit, in der kein Platz ist für das Glück. 256 S. [1047]
Das Echo Deiner Stimme
Die bekannte Autorin erzählt das Leben ihrer Mutter. Ein Zeugnis der Liebe. 207 S. [1021]

Paradiesmann
Er ist ein Glücksritter. Er ist ein Frauenliebling. Zweimal kreuzt er das Leben von Sandra Paretti. Es geschieht, was geschehen muß: Sie verliebt sich in ihn. In diesem Roman erzählt sie von dieser Liebe. 384 S. [1278]

Der Wunschbaum
Im Mittelpunkt dieses Romans steht die starke Persönlichkeit einer Frau, die ihre Familie vor dem Zerfall bewahrt. 288 S. [519]

Das Zauberschiff
Ein Roman über das Schicksal des deutschen Passagierschiffs »Kronprinzessin Cecilie«, das mitten auf dem Ozean vom Ausbruch des Ersten Weltkriegs überrascht wird. 304 S. [621]

Rogers, Rosemary
Die Sinnliche
Der Roman von Liebe und Leidenschaft unter Napoleon. 416 S. [1212]
Letzte Liebe, Letzte Liebe
Virginia und Steve – schön, reich, jung und verliebt – sind der glanzvolle Mittelpunkt des gesellschaftlichen Lebens in New Orleans. Doch das Schicksal reißt die Glücklichen auseinander. Erst nach unheilvollen Erlebnissen und verhängnisvollen Abenteuern finden sie wieder zueinander. 320 S. [1271]
Die Unbesiegbare
Ein weiblicher, von Leidenschaft geprägter Roman – vor dem historischen Hintergrund der gesellschaftlichen Entwicklung des jungen amerikanischen Kontinents. 576 S. [784]
Wildnis der Liebe
Eine titanische Familienfehde, Liebe, Haß und Leidenschaften von nicht alltäglichen Menschen. 377 S. [1008]

Jagger, Brenda
Wolken über dem Tal
Eine Familiensaga um Macht, Verrat und den Triumph der Liebe. 496 S. [1215]

Palmer, Lilli
Nachtmusik
Das Leben eines bisher unbescholtenen Universitätsprofessors gerät aus den Fugen. Eine turbulente und amüsante Geschichte. 384 S. [1090]
Eine Frau bleibt eine Frau
Millionen haben Lilli Palmer in ihrer gleichnamigen Fernsehserie bewundert. Aus dieser Serie hat Lilli Palmer verschiedene Beiträge ausgesucht, sie in Erzählungen verwandelt und in diesem Sammelband veröffentlicht. 224 S., 16 Abb. [1320]
Umarmen hat seine Zeit
»Man muß auch mal ein Risiko eingehen, sonst lebt man nicht.« Diesen Rat ihrer geliebten Schwiegermutter wird Sophie nie vergessen. Sie will leben und sie lebt riskant, denn sie weiß: Alles auf Erden hat seine Zeit. 304 S. [789]

Kretschmer, Cleo
Amore
Millionen haben »Amore« im Fernsehen gesehen. Cleo Kretschmer hat darin die Hauptrolle gespielt – und die Geschichte jetzt zum ersten Mal aufgeschrieben. Eine verzwickte, urkomische Liebesgeschichte. 144 S. [1353]

Romane